Andrea Wandel

Nichts als Pferde im Kopf

Zwillinge wie Tag und Nacht

Andrea Wandel
wollte schon immer Pferdebücher schreiben,
zuerst allerdings kam der Rock 'n' Roll dazwischen.
Jahrelang flog sie als Musikjournalistin rund um die Welt
und interviewte Rockbands. Heute lebt sie mit Pferden
und Familie in Berlin und schreibt sie endlich,
die Pferdebücher. »Ein Pony für alle Fälle«, ihre Buchreihe
um die Springreiterin Marie und ihr New Forest Pony Happy,
erfreut sich großer Beliebtheit.

Andrea Wandel

Nichts als Pferde im Kopf

Zwillinge wie Tag und Nacht

ENSSLIN

In neuer Rechtschreibung

1. Auflage 2008

Einbandillustration: Yayo Kawarmura
Gesamtherstellung: Westermann Druck Zwickau GmbH
ISBN 978-3-401-45312-5

www.arena-verlag.de

1 Kapitel

Okay Girls, los geht's!«

Myles schmeißt die Fahrertür zu und startet den Motor des großen roten Transporters. Langsam fahren sie über den Kies des Parkplatzes, bis sie auf eine breite Birkenallee einbiegen.

»Ihr wart richtig gut heute.« Myles wirft einen Blick in den Seitenspiegel und setzt den Blinker. Sie haben die Hauptstraße erreicht.

»Richtig gut?« Conny wedelt wild mit der gelben Schleife herum, die sie seit der Siegerehrung nicht mehr aus der Hand gegeben hat. »Wir waren heute nicht nur gut. Wir haben auch gewonnen«, sagt sie und strahlt dabei über das ganze Gesicht. »Hey, wir haben es den anderen so richtig gezeigt.«

»Ja, vor allem du«, sagt Sina und guckt Conny vorwurfsvoll an.

»Was soll das denn heißen?«

»So wie du mit Filou auf den Billard zugebrettert bist, hätte er leicht stürzen können.«

»Ach, das meinst du.« Conny macht eine wegwerfende Handbewegung und pustet sich eine rote Haarsträhne aus dem Gesicht. »Wir hatten halt ein bisschen zu viel Tempo. Na und? Ist doch nichts passiert. Alles gut gegangen.«

»Es hätte aber etwas passieren können«, beharrt Sina.
»Ich wusste gar nicht, dass du dir solche Sorgen um mich machst. Ich tu's nie wieder, Mama.« Conny zieht ein Gesicht.
»Wieso um *dich?* Ich habe mir natürlich Sorgen um Filou gemacht. Stell dir vor, er wäre gestürzt und hätte sich ein Bein gebrochen.«
»Hätte, hätte, hätte. Hat er aber nicht.«
»Sina hat recht«, mischt Myles sich da ein. »Ich habe dir ja schon vorhin gesagt, dass du viel zu viel Tempo an dieser Stelle hattest.«
»Ich weiß gar nicht, was ihr auf einmal habt«, murrt Conny. »Es hat doch funktioniert. Ich war schnell und wir haben gewonnen.«
»Das ist schon richtig«, sagt Myles. »Aber trotzdem darfst du nie deine oder die Gesundheit deines Pferdes aufs Spiel setzen. Vielseitigkeitsreiten ist ein sehr, sehr anspruchsvoller Sport, bei dem man Verantwortung für sich und sein Pferd übernehmen muss. Hast du mich verstanden?«
Conny öffnet den Mund, um etwas zu sagen, schließt ihn dann aber doch wieder. Stattdessen schiebt sie beleidigt die Unterlippe vor, rutscht etwas tiefer in ihren Sitz und guckt aus dem Fenster, Gewitterwolken über der Stirn. Es ist fast schon dunkel, draußen tanzen die langen Schatten und man kann kaum noch etwas erkennen.
Lea hat die ganze Zeit über schweigend der Unterhaltung gelauscht. Jetzt wirft sie ihrer Freundin Paula, die neben ihr sitzt, einen Blick zu. Paula grinst und zieht die Augenbrauen nach oben. Lea lächelt. Ihr Trainer Myles ist einer der nettesten Menschen, den man sich vorstellen kann. Aber der

gebürtige Ire kann auch streng sein und dann traut selbst die vorlaute Conny sich nicht, Widerworte zu haben. Conny! Das soll schon etwas heißen! Conny mit dem größten Mund von allen.
Lea guckt aus dem Fenster. Sie ist müde und freut sich auf ein warmes Bad zu Hause. Zuerst aber muss sie ihren Angloaraber White Star versorgen. Der Schimmelwallach kann es sicher kaum erwarten, endlich in seine Box zu kommen und die riesige Portion Kraftfutter zu verdrücken, die dort auf ihn wartet. Auch für ihn ist es ein anstrengender Tag gewesen. Danach muss sie unbedingt noch nach Black Sun sehen. Laura wird sicher wieder keine Zeit für ihn gehabt haben.
Lea seufzt tief. Wie sehr sie doch die alten Zeiten vermisst. Die Zeiten, in denen sie und ihre Zwillingsschwester Laura alles zusammen gemacht haben. In denen das Reiten bei ihnen beiden an allererster Stelle gestanden hat. Laura und ihr Vollblutwallach Black Sun waren auf allen Turnierplätzen in der Umgebung bekannt. Ohne Zweifel ist Laura die talentiertere und erfolgreichere Reiterin von ihnen beiden. Doch das hat Lea nie etwas ausgemacht. Hauptsache, sie waren zusammen. So wie es immer gewesen war. Als Babys, im Kindergarten, in der Grundschule, auf dem Gymnasium, in der Vielseitigkeitsmannschaft des Reitvereins, einfach immer und überall.
Doch nach ihrem 16. Geburtstag, den die Zwillinge noch mit einer Riesenparty am Reitstall gefeiert haben, ist alles anders geworden. Laura ist plötzlich nicht mehr jeden Tag zum Reiten gekommen und hat angefangen, Black Sun immer mehr zu vernachlässigen. Viel lieber zieht sie seitdem mit ihrer neuen Clique rund um Alexander herum, einem

älteren Jungen aus der Schule. Laura hat sich auf einer Party Hals über Kopf in ihn verliebt und verbringt inzwischen jede freie Minute mit ihm. Lea hat zunächst geglaubt, dass sich das wieder legen würde. Deshalb ist sie auch aus allen Wolken gefallen, als Laura ihr eines Abends vor dem Schlafengehen angekündigt hat, dass sie die Turnierreiterei an den Nagel hängen würde.

»Nicht . . . mehr . . . Turniere . . . reiten?«

Lea ist buchstäblich die Luft weggeblieben. Sie hat die Welt nicht mehr verstanden.

»Und Black Sun?«

»Ach der«, hat Laura fast schon ein wenig gelangweilt abgewehrt, »der kommt eben jeden Tag auf die Koppel, und außerdem kannst du dich auch ein bisschen um ihn kümmern. Du bist ja ohnehin jeden Tag am Stall.«

Lea hat überhaupt nichts mehr begriffen. Bislang war Black Sun Lauras ein und alles gewesen. Und jetzt wollte sie ihn einfach auf die Koppel stellen?

Noch immer tut es ihr in der Seele weh, mit ansehen zu müssen, wie der wunderschöne Vollblüter gelangweilt auf der Koppel steht und nach seiner Besitzerin Ausschau hält. Mit seinen gerade einmal neun Jahren ist er noch viel zu jung, um einfach aufs Abstellgleis gestellt zu werden.

Sooft es Lea möglich ist, kümmert sie sich deshalb um den Rappen. Doch ihre Zeit reicht einfach nicht für zwei Pferde. Die Schule nimmt sie ziemlich in Anspruch und White Star darf natürlich auch nicht vernachlässigt werden. Außerdem muss sie für die Mannschaft trainieren, schließlich wollen sie in diesem Jahr beim Goldenen Band starten. Ach ja, und dann ist da noch Tom. Natürlich.

Lea schließt die Augen und denkt an den gleichaltrigen Jungen, der vor Kurzem mit seinem Pferd Robinson neu an ihren Stall gekommen ist. Mit seinen wuscheligen blonden Locken und dem schiefen Grinsen hat er ihr gleich gefallen. Ein paarmal haben die beiden sich jetzt schon außerhalb des Stalls getroffen, und obwohl Lea immer etwas unsicher ist und anfangs nicht weiß, was sie sagen soll, fühlt sie sich sehr wohl in seiner Nähe.

»Lea? Lea!«

Lea reißt die Augen auf und fährt aus ihrem Sitz hoch. Sie hört den Motor des Transporters. Genau, sie sind ja immer noch unterwegs.

»Ja?«, fragt sie, wie benommen.

»Sag mal, wovon träumst du denn?«

Conny guckt sie neugierig an. Ohne eine Antwort abzuwarten, fährt sie fort. »Lass mich raten. Es ist blond. Hat Locken. Und riesige Kuhaugen, wenn es sich in deiner Nähe aufhält.«

Lea guckt sie verständnislos an. »Hä? Wovon redest du?« In ehrlicher Verwunderung zieht Lea die Augenbrauen hoch. »Kühe?« Was denn für Kühe?

Sina, die ihren Streit mit Conny längst vergessen hat, lacht. »Von wegen Kühe! Komm schon, Lea! Um wen wird es hier schon gehen? Um Mister Kann-ich-sonst-noch-was-für-dich-tun-Lea? natürlich. Hast du vielleicht eine lange Leitung, Lea! Lang, länger, ganz lang. Tuuut! Tuuut!« Conny ahmt ein Telefon nach. »Nimmt keiner ab?«

»Könnte mir vielleicht endlich mal jemand verraten, wen ihr meint?«

»Oh Mann, du checkst heute aber auch überhaupt nichts«,

stöhnt Conny. »Natürlich den lieben Tom. Das sieht doch ein Blinder, dass der Typ auf dich steht.«
Lea wird ganz heiß. Sie ist froh, dass in der Dunkelheit niemand sehen kann, wie ihr die Röte ins Gesicht steigt.
»Ihr spinnt. Wir sind einfach nur gute Freunde, mehr nicht.«
Selbst in ihren Ohren klingt ihre Antwort nicht sehr überzeugend. Ihre Stimme wackelt.
»Einfach nur gute Freunde«, sagt Conny kichernd. »Ich wette, dass dein lieber Tom das ganz anders sieht. Außerdem weiß ich gar nicht, was du hast. Für einen Springreiter ist er doch gar nicht so übel.« So wie Conny »Springreiter« sagt, kann man schon hören, dass sie die nicht für voll nimmt.
»Er ist nicht *mein* Tom«, sagt Lea abwehrend. »Und außerdem habe ich gar keine Zeit für einen Freund, jetzt wo ich mich zu allem Überfluss auch noch um Black Sun kümmern muss.«
»Wie geht es Laura eigentlich?«, lenkt Paula ab, die offensichtlich gemerkt hat, wie peinlich Lea das Thema ist.
Lea nickt ihr dankbar zu. »Och, ganz gut, glaube ich. Ich habe sie das Wochenende über kaum gesehen. Als wir morgens zum Turnier gefahren sind, hat sie noch geschlafen. Und abends ist sie erst nach Hause gekommen, als ich schon im Bett war. Ich nehme an, sie ist die ganze Zeit mit Alexander zusammen gewesen und hat sich bewundern lassen.«
»Oh Gott, wie schrecklich«, sagt Conny und schüttelt den Kopf. »Wie kann man nur wegen eines Typen sein ganzes Leben ändern! Wegen eines Typen! Meine Güte! Das wird mir bestimmt nie passieren. Euch etwa?«
Die anderen Mädchen schütteln den Kopf.
»Nein.«

»Nie.«
»Mir doch nicht.«
Myles vorn am Steuer grinst leise in sich hinein.
»Da bin ich ja beruhigt. Das können wir uns auf Dauer nämlich auch nicht leisten, wenn wir uns für das Goldene Band qualifizieren wollen.«
Lea nickt. Das Goldene Band – ein Vielseitigkeitswettbewerb für Jugendliche, bei dem Mannschaften aus dem ganzen Land an den Start gehen – ist ihr großer Traum. Lea, Conny, Paula und Sina wollen sich in diesem Jahr unbedingt dafür qualifizieren.
»Es reicht mir schon, dass *eine* talentierte Reiterin die Mannschaft verlassen hat«, fügt Myles hinzu. Er lacht und klopft Sina, die direkt neben ihm sitzt, auf die Schulter. »Obwohl wir natürlich einen hervorragenden Ersatz für Laura gefunden haben.«
Sina lächelt verlegen. »Wenn man darüber hinwegsieht, dass Laura eine viel bessere Reiterin ist als ich. Und der alte Bounty Bay natürlich kein Vergleich zu Black Sun.«
»Quatsch mit Soße«, knurrt Conny. »Du bist mindestens genauso gut und damit Schluss. Das sagst du doch nur, damit wir dir noch mehr Komplimente machen.«
Sina schüttelt den Kopf und kichert. »Oh nein, bitte nicht. Dabei werde ich immer so rot.«
Lea findet, dass Conny recht hat. Sicher, Bounty Bay ist tatsächlich nicht so schnell und elegant wie der herrliche Black Sun. Sinas Eltern haben eben nicht so viel Geld, um ihrer Tochter ein so teures Pferd zu kaufen. Aber was das reiterliche Talent betrifft, kann Sina es locker mit Laura aufnehmen. Vielleicht ist sie sogar noch besser. Was daran liegen könnte,

dass sie mit völliger Hingabe reitet. Etwas, was Laura schon seit einiger Zeit abgegangen ist, wenn Lea ehrlich ist.
»Wie sieht's aus?«, fragt Conny. »Wollen wir heute Abend noch die DVD vom Turnier angucken? Dazu Chips? Knurps, knurps?«
Lea schüttelt den Kopf.
»Ein anderes Mal, Leute. Wenn ich White Star versorgt habe, muss ich mich noch um Black Sun kümmern. Und Hausaufgaben habe ich auch noch keine gemacht. Ich weiß ohnehin nicht, wie ich das alles schaffen soll.«
»Dann lass doch Black Sun heute stehen«, schlägt Paula kurzerhand vor.
»Nee, geht nicht. Er hat ja schon das ganze Wochenende gestanden, weil ich auf dem Turnier war. Und morgen habe ich auch keine Zeit für ihn.« Lea stehen die Sorgenfalten auf der Stirn.
»Gemeinheit, dass Laura sich gar nicht mehr um ihn kümmert«, schimpft Conny. »Früher war das undenkbar. Ich frage mich echt, was mit deiner Schwester passiert ist, Lea.«
Lea seufzt. »Das wüsste ich auch zu gerne.«
Die Antwort kommt aus tiefstem Herzen. Es gibt keine Frage, die Lea im Moment mehr bewegt.

2. Kapitel

Die Bremsen quietschen, als der Transporter vor den Stallgebäuden der Reitanlage Freudenberg zum Stehen kommt. Kies knirscht. Lea öffnet langsam und träge die Augen. Sie muss wohl eingeschlafen sein. Langsam kommen auch die anderen Mädchen zu sich.

»Los, los«, ruft Myles. »Keine Müdigkeit vortäuschen. Ladet eure Pferde aus. Na los!«

»Na, der ist gut«, knurrt Conny als sie mit steifen Gliedern aus dem LKW klettert. »Er ist ja auch nicht das ganze Wochenende über geritten. Wenn ihr mich fragt, können wir das mit der DVD auch gerne auf morgen verschieben. Hm? Wie wär's? Alles, was ich heute nämlich noch möchte, ist eine eiskalte Cola im Reiterstüberl. Zur Feier des Tages.« Sie dreht sich zu Lea um. »Zum Anstoßen hast du doch noch Zeit, oder? Dann bewegst du Black Sun eben erst morgen. Auch noch ein Tag.«

Lea schüttelt den Kopf. »Nein, auf keinen Fall. Das geht wirklich nicht.« Eigentlich ist sie sogar zum Reden zu müde. Bevor Conny weitere Fragen stellen kann, läuft sie ans hintere Ende des Transporters.

Lea weiß nicht, warum, aber sie will Conny und den anderen nicht sagen, dass sie und Tom morgen am frühen Abend ins Kino gehen wollen. Und nach der Schule muss sie erst mal Hausaufgaben machen. Da bleibt einfach keine Zeit für zwei Pferde. So ist das eben.

Einen Moment lang steht sie da und wartet darauf, dass Myles die Rampe runterlässt. Als es endlich so weit ist, läuft

sie zu ihrem Schimmel, der ganz vorne angebunden ist. Er guckt sie freundlich aus seinen riesigen dunklen Augen an und schnaubt leise.
»Hallo, Großer«, flüstert Lea liebevoll und löst den Strick. Langsam führt sie den Wallach die Rampe runter. Dann lässt sie ihn einen Moment lang verharren, damit er einen Blick auf die Gestalt werfen kann, die sich ihnen im Eiltempo nähert. Der untersetzte Mann mit dem kurzen grauen Haar grinst so breit, dass seine beiden Mundwinkel fast bis zu den Ohrläppchen reichen.
»Gratulation, Mädels! Ingrid Klimke muss sich bald vor euch in Acht nehmen, wartet es nur ab!«
Lea, Paula und Sina lachen.
»Ach komm schon, Papa. Red nicht so einen Mist«, wehrt Conny ihren Vater genervt ab und geht in den Transporter, um ihr Pferd Filou zu holen.
Lea weiß überhaupt nicht, was Conny hat. Sie mag Herrn Dahmitz und seine lustigen Sprüche. Der Besitzer der Reitanlage ist immer mit Feuereifer dabei, wenn es um die Turniere der Mannschaft geht. Wenn die Mädchen gewinnen, freut er sich jedes Mal wie ein Kind. Lea hätte nichts dagegen, wenn ihre Eltern auch nur annähernd so viel Interesse für ihren Sport aufbringen würden. Aber das Gegenteil ist der Fall. Jetzt, nachdem sogar Laura abgesprungen ist, gibt es nur noch einen Pferdenarren in der Familie. Entschieden zu wenig, findet Lea. Sie streichelt dem Schimmel über den fein geschnittenen Kopf.
»Komm, White Star. Für dich ist jetzt endlich Feierabend.«
Sie lächelt. White Star, ihr großer weißer Freund.
Der edle Angloaraber folgt ihr energischen Schrittes zum

ersten Stallgebäude, wo er und Black Sun untergebracht sind. Die Reitanlage Freudenberg hat vier Stallgebäude mit jeweils zehn Boxen. Die Pferde der beiden Schwestern stehen wie eh und je im gleichen Gebäude. Lea hat das schon immer schön gefunden.
Der pechschwarze Wallach schmeißt den Kopf in die Höhe und wiehert schrill, als sich die Stalltür öffnet. Lea streichelt im Vorbeigehen seine weiche Nase, die er ihr neugierig entgegenstreckt.
»Hallo, Schwarzer. Um dich kümmere ich mich später. Du musst dich noch einen Moment gedulden.«
Sie führt White Star zur Waschbox und bindet ihn an den beiden Stricken an, die links und rechts von der Wand hängen. Dann nimmt sie den Schlauch und stellt das Wasser an. White Star zuckt einmal kurz zusammen, als er das kalte Wasser an seinen Beinen spürt. Dann aber bleibt er ruhig stehen und scheint die Erfrischung zu genießen.
Als Lea fertig ist, läuft sie in die Sattelkammer und holt ihr Putzzeug, um noch einmal über das weiche Fell des Schimmels zu bürsten. White Star lässt sich die Behandlung gerne gefallen und dreht den Kopf immer wieder zu Lea, die mit sanfter Stimme auf ihn einredet.
»Du warst wirklich toll heute, mein Großer. Ich bin ja so stolz auf dich.«
Sie hat ja auch allen Grund dazu. White Star war wirklich unglaublich gut an diesem Wochenende. Im Gelände zwar nicht so schnell wie Connys Filou, dafür aber der Beste sowohl in der Dressur als auch im Springen. Myles war sehr zufrieden und hat gesagt, dass der Schimmel sich wirklich prächtig machen würde und das Zeug zu einem echten Crack hätte. Und

Myles versteht eine ganze Menge von Pferden und vor allem vom Vielseitigkeitsreiten. Lea lächelt selig.
Schließlich legt sie das Putzzeug beiseite und führt den Schimmel in seine geräumige Box. Kaum hat sie das Halfter abgemacht, stapft White Star eilig zu seinem Futtertrog und steckt gierig sein Maul hinein. Lea wirft schnell noch einen prüfenden Blick auf den Riesenberg herrlich duftenden Heus, der neben dem Trog liegt, und schließt dann die Boxentür. Um White Star muss sie sich keine Sorgen machen. Der hat alles, was er braucht.
Ganz im Gegensatz zu Black Sun.
Lea seufzt. Sie seufzt entschieden zu oft in letzter Zeit, findet sie.
Der Rappe hat lauter Strohhalme im Schweif und in der Mähne und sein früher so glänzendes Fell wirkt jetzt stumpf und ungepflegt.
»Oh weh, du musst ja wirklich mal wieder ordentlich geputzt werden. Wenn Laura es doch nur erlauben würde, dass sich jemand anders um dich kümmert.«
Vor einiger Zeit hat Lea nämlich vorgeschlagen, eine Reitbeteiligung für Black Sun zu suchen, damit der Wallach jemanden hat, der sich täglich um ihn kümmert. Da ist Laura regelrecht an die Decke gegangen und hat gesagt, dass sie Black Sun lieber ganz auf die Koppel stellen würde. Niemals würde sie es zulassen, dass außer ihr oder Lea jemand auf ihm reiten würde. Niemals! Wie eine Furie hat sie ausgesehen dabei.
Lea schüttelt den Kopf. Früher sind sie und ihre Zwillingsschwester ein Herz und eine Seele gewesen. Die eine hat immer gewusst, was die andere gerade dachte. Die eine ver-

stand, was die andere träumte. Und gelacht und geweint wurde immer zu zweit. Und jetzt? Lea hat keinen blassen Schimmer, was in Laura vorgeht.

Nur gut, dass die Werbeagentur ihrer Eltern momentan so gut läuft, dass es ihnen nichts ausmacht, für ein Pferd zu zahlen, das kaum geritten wird. Lea hofft nur, dass das so bleibt. Denn sobald die Aufträge für die Agentur ausbleiben, müssen die Benedikts wieder über Geld nachdenken. Lea kennt das schon. Die Auftragslage ihrer Eltern ist schon immer ein einziges Auf und Ab, und sobald es abwärts geht, überlegen sie, wofür zu viel Geld ausgegeben wird. »Sparen« heißt dann das Motto.

Lea bindet Black Sun auf der Stallgasse an und beginnt, sein pechschwarzes Fell zu bearbeiten, bis es wieder glänzt. Auch wenn es viel Arbeit macht, sich auch noch um ihn zu kümmern, würde es ihr das Herz brechen, wenn der Rappe verkauft werden müsste.

Gerade als sie in die Sattelkammer gehen und Black Suns Sattelzeug holen will, hört sie, wie sich hinter ihr die große Stalltür öffnet. Sie dreht sich um.

»Oh, äh, hallo, Tom.«

Oh Gott, Lea, denkt sie. Du klingst ja so was von blöde. Warum kann sie nicht einmal so cool sein wie Laura, die in jeder Situation den passenden Spruch auf Lager hat?

Lea kann sich nicht erinnern, dass ihrer Schwester jemals die Worte gefehlt hätten. Ganz im Gegensatz zu ihr ...

»Hallo, Lea. Ich habe gerade gehört, dass ihr gewonnen habt. Ist ja super!« Tom pustet sich lässig eine widerspenstige blonde Locke aus dem Gesicht. Glücklicherweise scheint er nicht zu merken, wie verlegen Lea ist. Lä-

chelnd tritt er näher und legt ihr die Hände auf die Schultern.
»Herzlichen Glückwunsch«, sagt er und guckt sie mit seinen strahlend blauen Augen an.
Lea wird es gleichzeitig heiß und kalt. Wie Fieber fühlt sich das an. »Äh, danke, äh. Sehr nett von dir. Aber warum bist du eigentlich noch hier?« Sie klingt, als würde sie stottern.
»Och, hatte irgendwie nichts zu tun. Und da habe ich gedacht, ich kann ja warten und dich fragen, ob du noch auf eine Cola ins Stüberl kommst. Ich würde dich gern einladen.«
Lea schüttelt bedauernd den Kopf. »Nee, geht leider nicht. Ich muss Black Sun noch bewegen. Er hat das ganze Wochenende über gestanden. Ich bin zwar hundemüde, aber eine Runde um die Koppeln werde ich wohl noch schaffen.«
»Super Idee!«, ruft Tom begeistert. »Ich komme mit.«
»Echt?«, wundert sich Lea. »Hast du Robinson denn heute noch nicht geritten?« Eigentlich kommt Tom doch immer viel früher zum Reiten.
»Doch, doch, wir hatten heute Nachmittag sogar Training. Aber ich glaube, es macht Robinson nichts aus, wenn wir euch eine Runde begleiten. So anstrengend wird es ja schon nicht sein.« Er wirft einen prüfenden Blick auf Black Sun. »Zumindest sieht der Gute nicht sehr trainiert aus.«
Lea betrachtet traurig Black Sun. Tom hat recht, er hat tatsächlich ganz schön abgebaut. Nur der Grasbauch wird immer dicker. Die Muskulatur hingegen . . .
»Das stimmt. Aber ich schaffe es einfach nicht, zwei Pferde ordentlich zu trainieren. Du hättest ihn früher mal sehen sollen. Black Sun war ein richtiges Kraftpaket. Muskeln über und über. Schöne, lange Muskeln.«

Tom ist erst in den Stall gekommen, als Laura bereits die Turnierreiterei an den Nagel gehängt hatte. Darum hat er nie gesehen, wie der pechschwarze Vollblüter mit Leichtigkeit auch die schwierigsten Geländehindernisse überwindet. Myles hat immer behauptet, Black Sun sei eines der besten Pferde, das er je erlebt hat. Was hätte nur aus ihm und Laura werden können . . . Beide waren so verdammt gut.

»Komm, lass uns schnell satteln«, unterbricht Tom ihre Gedanken. »Sonst wird es noch dunkel.«

Lea nickt, und wenig später treffen die beiden sich auf dem gepflasterten Hof der Anlage, in dessen Mitte ein uralter Kastanienbaum steht. Es ist schon ziemlich finster draußen. Der Stamm der Kastanie ist jetzt nicht mehr als ein mächtiger Schatten.

Conny und Sina kommen fröhlich plaudernd vorbei und grinsen breit, als sie Lea und Tom sehen.

»Ach, sieh mal einer an«, kichert Conny, »unsere beiden Turteltauben. Dass ihr beiden euch bloß nicht in der Dunkelheit verirrt.« Sie grinst frech. »Gurr, gurr.«

»Wer weiß, vielleicht haben die beiden ja genau das vor!«, sagt Sina lachend und zieht Conny weiter in Richtung Reiterstüberl. Dessen Fenster sind schon erleuchtet.

Lea ist knallrot geworden unter ihrem Helm und guckt Tom verlegen an.

»Denk dir nichts, die beiden sind immer so albern.«

»Wieso? Ich weiß gar nicht, was du hast«, sagt Tom und guckt sie mit schelmischem Blick an. »Vielleicht haben sie ja recht. Ich stelle es mir ganz interessant vor, sich mit dir zu verirren.« Könnte sein, dass seine Augen blitzen. In der Dunkelheit weiß man nie so genau . . .

Ohne eine Antwort abzuwarten, nimmt Tom die Zügel auf und wendet Robinson Richtung Hofausgang. Die Hufeisen des großen Braunen klappern laut auf dem Kopfsteinpflaster. Lea ist heilfroh, dass Tom sich nicht nach ihr umdreht, sondern einfach weiterreitet. Sonst hätte er noch gesehen, wie sie ihm von Black Suns Rücken aus ziemlich belämmert mit offenem Mund nachstarrt. Hat er wirklich ernst gemeint, was er da gerade gesagt hat? Sie dreht seine Worte um und um, während sich Black Sun langsam in Bewegung setzt.

3. Kapitel

Hat irgendjemand meinen Lidschatten gesehen? Gerade eben hat er doch noch im Badezimmer gelegen.«
Lea schiebt ihre Cornflakes zur Seite und beobachtet ihre Schwester, die völlig aufgelöst eine Küchenschublade nach der anderen aufreißt.
»Sag mal, Laura, bist du jetzt völlig verrückt geworden?« Mareike Benedikt knallt eine der Schubladen wieder zu und guckt ihre Tochter fragend an.
»Ich suche meinen Lidschatten«, zischt Laura und wirft trotzig die langen hellbraunen Haare aus dem Gesicht. »Er ist weg.«
»Ja und? Glaubst du etwa ernsthaft, jemand hat ihn in der Küchenschublade versteckt?« Mareike schüttelt genervt den Kopf. »Pass gefälligst besser auf deine Sachen auf, dann musst du sie auch nicht suchen. Und mach mir bitte nicht noch mehr Arbeit als ohnehin schon. Ich habe heute Morgen einen ziemlich wichtigen Kunden in der Agentur. Da kann ich nicht auch noch ewig hinter dir herräumen. Okay? Ich habe auch so schon genug zu tun, jetzt, wo Papa in New York ist.«
Laura schnaubt genervt und dreht sich zu Lea um. »Sag mal, Lea, hast du vielleicht ...«
». . . deinen Lidschatten genommen?«, vollendet Lea den Satz. »Das glaubst du doch nicht im Ernst, oder?« Sie stöhnt leise.
Laura guckt Lea prüfend an und verzieht dann das Gesicht zu einem Grinsen. »Nein, sicher nicht. Du hast ja null Ah-

nung von Make-up. Nichts weißt du. In letzter Zeit frage ich mich echt, wie ich zu so einer Schwester wie dir gekommen bin. Ein Unfall? Babys vertauscht oder so?«

Am liebsten hätte Lea ihr jetzt eine bissige Antwort gegeben. Doch wie gewohnt fällt ihr keine ein. Also schweigt sie. Und genau genommen hat Laura ja gar nicht so unrecht. Sie beide sind zwar Zwillinge und sehen mit ihren hellbraunen Haaren und den grünen Augen eigentlich auch genau gleich aus. Aber eben nur eigentlich. Denn während Laura mittlerweile bei jedem Gang aus dem Haus angezogen ist, als würde sie gleich über den Catwalk laufen, fühlt Lea sich immer noch ungeschminkt und in verwaschenen Jeans am wohlsten. Auf den ersten Blick erkennt niemand mehr, dass sie Zwillinge sind. Das ist vorbei.

»Ach komm schon, war nicht so gemeint.«

Laura wuschelt Lea freundschaftlich durchs Haar und schnappt sich einen Apfel aus dem Obstkorb, der immer auf dem Küchentisch steht.

»Macht ja nichts, wenn du dich nicht für Styling interessiert. Für den Stall reicht dein Outfit allemal.« Sie grinst gönnerhaft.

»Na vielen Dank auch«, knurrt Lea. »Aber da wir gerade beim Thema sind, vielleicht hast du ja ein paar Minuten Zeit, um mit mir über Black Sun zu reden. Wie wär's?«

»Jetzt nicht«, wehrt Laura schnell ab. »Mir ist gerade eingefallen, wo ich meinen Lidschatten hingelegt habe.«

Lea guckt ihrer Schwester nach, die wie ein Derwisch aus der Küche rast. Zu gerne hätte sie mit Laura über Black Sun geredet, denn der hat ihr gestern Abend gar nicht gefallen. Irgendwie hat der Wallach müde und unzufrieden gewirkt.

Lea ist der Meinung, dass dringend etwas mit ihm geschehen muss. Aber es ist wie immer: Wenn Lea das Thema Black Sun anschneidet, weicht Laura ihr aus. Aus irgendeinem Grund möchte sie mit ihr nicht über ihn reden. Das Thema scheint ihr unangenehm zu sein, sie windet sich jedes Mal heraus.

»Seid ihr beiden fertig?«, fragt Mareike Benedikt. Sie wirft einen Blick auf die große Wanduhr, die neben dem Küchenschrank hängt. »Wir müssen nämlich gleich los.«

Lea steht auf und schnappt sich ihren dunkelgrünen Rucksack, der im Flur auf der Kommode steht.

»Laura!«, ruft sie die Treppe hoch. »Mama hat gesagt, wir fahren jetzt!«

»Ich komme gleich«, ruft Laura und knallt die Badezimmertür zu. Lea verdreht die Augen. Hoffentlich beschließt ihre Schwester nicht plötzlich, dass sie lieber ein anderes Make-up auftragen sollte, und fängt noch einmal von vorne an. So wie letzte Woche. Da wäre ihr Vater fast explodiert, weil Laura ihn morgens so lange hat warten lassen. Wie gut, dass er diese Woche in New York ist, um dort neue Aufträge für die Agentur an Land zu ziehen. In den letzten Tagen hat Laura nämlich jeden Morgen eine Ewigkeit im Badezimmer gebraucht.

Auch heute muss Mama noch zigmal rufen, bis endlich Lauras Schritte auf den Stufen zu hören sind. Murrend kommt sie die Treppe runter und geht mit ihrer Mutter und Lea aus dem Haus. Eilig steigen die drei in den dunkelblauen BMW, der vor der Tür steht, und fahren los.

»Wenn wir nicht hier draußen in dieser Wildnis wohnen würden, müsstest du uns auch nicht immer zur Schule fah-

ren«, meckert Laura, die es sich auf dem Beifahrersitz bequem gemacht hat. »Hier fährt ja noch nicht einmal ein Bus.« Lea sitzt auf der Rückbank und schweigt.
»Gott bewahre«, stöhnt Mareike Benedikt. »Den Bus würdest du doch ohnehin nie kriegen. Wenn wir dich nicht scheuchen würden, kämst du vermutlich gar nicht mehr aus dem Badezimmer raus.«
Lea guckt aus dem Seitenfenster und betrachtet die weißen Stämme der Birken, die links und rechts am Wegesrand stehen. Sie findet es sehr schön, auf dem Land zu wohnen, und versteht gar nicht, was Laura hat. Früher hat sie doch auch nichts dagegen gehabt, hier zu leben. Im Gegenteil. Schließlich kann man von ihrem Haus mit dem Fahrrad in nur zehn Minuten zum Stall fahren. Und Pferde gehören zu den wirklich wichtigen Dingen im Leben. Pferde, und kurze Wege zu ihnen. Das findet zumindest Lea. Laura scheint da mittlerweile anderer Meinung zu sein.
»Alexanders Auto war letztens ganz staubig, weil er hier über den Acker gefahren ist«, beschwert sich Laura.
»Oho.« Mareike Benedikt zieht spöttisch die Augenbrauen nach oben. Lea kann im Rückspiegel sehen, dass sie ganz schön genervt ist. »Dann muss der junge Herr dich eben demnächst an der Hauptstraße rauslassen und du gehst den Rest des Weges zu Fuß. Vorausgesetzt, du hast die richtigen Schuhe dafür an.«
Sie spielt damit auf Lauras pinkfarbene Sandalen mit dem hohen Absatz an. Lea weiß, dass ihre Mutter die Schuhe schrecklich findet und sie am liebsten in den Mülleimer werfen würde.
Laura schnaubt verächtlich und guckt aus dem Fenster.

Lea verzieht das Gesicht. So geht das jetzt schon seit Wochen. Es gibt keinen Tag, an dem Laura nicht mit ihrer Mutter rumstreitet. Die beiden zicken sich bei jeder Gelegenheit an. Nervig. Echt nervig. Super nervig.
Sie ist ganz froh, als sie an der Schule ankommen und endlich aussteigen können.
»Tschau, Mama«, ruft sie und winkt ihrer Mutter zu.
»Tschau, Lea. Schön, dass wenigstens du dich verabschiedest.«
Laura ist einfach ohne ein Wort zu sagen aus dem Auto gesprungen und zu einem blonden Mädchen mit pinkfarbenem bauchfreiem Oberteil gerannt. Das ist Gina, ein Mädchen aus ihrer Klasse, mit dem Laura in letzter Zeit sehr oft zusammen ist. Die beiden tuscheln, werfen Lea und ihrer Mutter einen Blick zu und gehen kichernd weiter, Arm in Arm.
Mareike Benedikt lächelt traurig und setzt die große Sonnenbrille auf, bevor sie den Blinker setzt und auf der großen Straße wendet.
Lea hebt noch einmal zaghaft die Hand.
»Hey, Lea! Hier sind wir!«
Lea dreht sich um und sieht Conny und Paula auf sich zukommen. Die beiden gehen in die Parallelklasse und ihr Klassenzimmer liegt direkt neben dem von Lea und Laura.
»Wie sieht's aus?«, fragt Conny. »Wollen wir heute die Aufnahmen vom Turnier angucken? Meine Eltern sind ohnehin den ganzen Tag draußen auf der Anlage. Wir könnten in unser Wohnzimmer gehen.«
»Gute Idee«, sagt Paula. »Ich bringe Chips mit und dann gucken wir uns in aller Ruhe unseren Triumph an.«

»Gut, dass Myles heute nicht dabei ist«, kichert Conny. »Er würde uns dann die ganze Zeit über nur sagen, was wir falsch gemacht haben. Also Leute, wann treffen wir uns? Knurps, knurps. Mit Chips und guter Laune.«
»Bei mir geht es leider nicht«, sagt Lea. »Ich habe schon etwas vor.«
»Echt? Du? Was?« Conny guckt sie erstaunt an und schielt ein bisschen. Mit Absicht.
»Ich, äh, bin, äh, verabredet«, stammelt Lea und guckt verlegen zu Boden.
»Ver-ab-re-det?«, wiederholt Conny langsam. »Du hast doch nicht etwa ein Date? Klimper? Klimper?«
Sie stellt sich ganz nah vor Lea und guckt ihr in die Augen. »Ein Date, ja? Mit wem?«
»Jetzt sei doch nicht so albern«, sagt Lea. »Ich bin einfach nur verabredet, okay?«
»Ich habe schon verstanden«, sagt Conny in einem gespielt beleidigten Ton. »Du hast ein Date und das ist dir natürlich wichtiger als deine besten Freundinnen, die immer mit dir durch dick und dünn gegangen sind. Quetsch, flutsch und so weiter.« Sie reibt sich die Augen und schnieft laut. Fehlt nur noch, dass sie ein paar glitzernde Krokodilstränen verdrückt. Lea wartet beinahe schon drauf.
»Das war es also mit Familie Benedikt«, seufzt Paula theatralisch. »Wir brauchen schon wieder einen Ersatz für die Mannschaft. Oh weh, oh weh. Wo soll das nur hinführen? Adieu Goldenes Band, adieu Mannschaft, adieu . . .«
»Jetzt hör schon auf«, sagt Paula, die sich vor Lachen fast nicht mehr einkriegt. »Lea wird ja wohl mal eine Verabredung haben dürfen. Und ich denke, wir müssen sie auch gar

nicht fragen, mit wem. Das dürfte ja wohl klar sein. Was habt ihr denn vor, du und – Tom?«

»Wir gehen ins Kino«, antwortet Lea und guckt sie dankbar an. Conny ist zwar lustig, kann einem aber auch manchmal ganz schön auf die Nerven gehen mit ihrer ewigen Rumalberei.

»Okay, okay. Genehmigt«, sagt Conny. »Ausnahmegenehmigung. Freigang wegen guter Führung, könnte man sagen. Aber nur, wenn du versprichst, dass du nicht auch noch die Mannschaft schmeißt. Einen Ersatz wie Sina finden wir nämlich nicht so schnell wieder. Und ich möchte dieses Jahr unbedingt zum Goldenen Band. Wir waren noch nie so gut in Form wie jetzt. Bestechend in Form.«

»Versprochen«, sagt Lea feierlich und legt sich die Hand auf die Brust. »So wahr ich hier stehe.«

»Das solltest du aber besser nicht mehr allzu lange«, sagt Paula und hakt sich bei ihr unter. »Es hat nämlich schon zweimal geklingelt und Herr Maierhofer freut sich bestimmt nicht, wenn du zu spät kommst.«

»Oh Gott, den hatte ich jetzt fast vergessen«, stöhnt Lea. »Los, beeilen wir uns.«

Sie wirft sich den Rucksack über die Schulter und rast los.

Herr Maierhofer ist Leas und Lauras Mathelehrer und er hasst es, wenn seine Schüler sich verspäten. Da Lea in Mathe ohnehin keine allzu große Leuchte ist, möchte sie es sich mit ihm auf keinen Fall verderben. So wie Laura, die sich in der letzten Zeit immer häufiger mit dem explosiven kleinen Mann auseinandergesetzt und dafür auch schon einige Klassenbucheinträge kassiert hat. Wenn sie nicht aufpasst, wird es bald einen Brief nach Hause geben, hat er Laura gedroht.

Wenn nicht noch Schlimmeres passiert. Doch die hat nur gelacht und weitergemacht wie zuvor. Lea fragt sich, ob Herr Maierhofer seine Drohung ernst macht und wirklich einen Brief an ihre Eltern schreibt. Wenn ja, dann wird es ordentlich Zoff geben zu Hause. Denn Herr und Frau Benedikt sind sowieso schon total gereizt, wenn es um Laura geht. Früher hat Lea immer zu ihrer Schwester gehalten, aber mittlerweile kann auch sie verstehen, wenn ihren Eltern die Hutschnur platzt. Laura macht es ihnen allen nicht leicht.
Lea hat das Klassenzimmer erreicht und ertappt sich schon wieder bei einem tiefen Seufzer.

4. Kapitel

Hat irgendjemand meinen . . .«

Laura reißt die Tür zu Leas Zimmer auf und bleibt wie angewurzelt stehen. Ihr Mund braucht einen Augenblick, um wieder zuzuklappen.

»Wie siehst du denn aus?«

Lea wirft einen Blick in den großen Spiegel, der über ihrer Kommode hängt.

»Wieso? Wie soll ich denn aussehen?« Sie weiß wirklich nicht, was Laura meint.

»Wieso? Wie soll ich denn aussehen?«, äfft Laura sie nach. »Du bist ja plötzlich so aufgestylt, hey! Na ja, zumindest für deine Verhältnisse.«

Sie wirft einen prüfenden Blick auf Leas gepunktetes Neckholder Shirt und die weiße Jeans.

»Gar nicht so übel, was du da anhast. Hast du dir die Klamotten etwa selbst gekauft?«

»Hm-m. Da staunst du, was?«

»Allerdings.« Laura nickt anerkennend. »Das hätte ich dir gar nicht zugetraut.«

Lea nimmt ein Zopfband von der Kommode und bindet sich einen Pferdeschwanz.

»Warte mal, so geht das doch nicht.«

Laura zieht ihr das Zopfband wieder aus den Haaren und schnappt sich kurz entschlossen eine Bürste.

»Du kannst doch nicht so ein tolles Shirt tragen und dann mit so einer popeligen Frisi losziehen. Wennschon, dennschon. Oder?«

Lea zuckt zusammen, als ihre Schwester ihr das Haar mit ein paar kräftigen Strichen nach hinten bürstet. Sie muss allerdings anschließend zugeben, dass der Pferdeschwanz, den Laura gebunden hat, um einiges besser aussieht.

»Danke«, sagt Lea.

»Nichts zu danken. Ich bin ja froh, dass du mal was Gescheites anziehst und nicht nur mit Reitklamotten durch die Gegend rennst. Ist ja schon peinlich, dein ewiger Aufzug.«

»Du hast gut reden. Wenn ich nicht mit diesen Reitklamotten durch die Gegend rennen würde, dann würde sich überhaupt keiner mehr um deinen Black Sun kümmern!« Lea nutzt die Gelegenheit. »Sag mal, wollen wir nicht doch noch einmal über eine Reitbeteiligung nachdenken?«

»Eine Reitbeteiligung? Auf *meinem* Black Sun? Du bist ja verrückt.«

»Ach, plötzlich ist es wieder *dein* Black Sun. Warum kümmerst du dich dann nicht um ihn? Wenn er so sehr *deiner* ist?«

»Blöde Frage. Weil ich keine Zeit habe natürlich. Ist ja wohl offensichtlich.«

»Du hast nur keine Zeit, weil du jeden Tag mit Alexander und seiner Clique rumhängst. Warum nimmst du ihn nicht einfach mit zum Stall, deinen Alexander?«

»Weil Alexander Pferde blöd findet«, gesteht Laura. »Er findet, dass sie stinken und überhaupt viel zu groß sind.«

»Alexander findet Pferde blöd?«, fragt Lea ungläubig. Sie könnte sich nie vorstellen, mit jemandem zusammen zu sein, der Pferde nicht mag. Ihr ist bislang kaum ernsthaft der Gedanke gekommen, dass es solche Typen gibt.

»Na ja, du weißt doch, wie Jungs sind«, wehrt Laura ab. »Also muss Black Sun eben auf der Koppel stehen. Oder von dir geritten werden. Ich lasse jedenfalls niemand anderen auf ihm sitzen. So viel steht fest.«

»Aber Black Sun muss regelmäßig bewegt werden«, entgegnet Lea. »Er ist viel zu schade dafür, in der Box zu stehen. Was glaubst du, was Myles geben würde, wieder so ein Pferd in der Mannschaft zu haben.«

»Nein, nein und nochmals nein«, sagt Laura entschieden. »Eine Reitbeteiligung lasse ich niemals zu. Eher würde ich ihn noch verkaufen.«

»Verkaufen?«

Lea fällt die Kinnlade nach unten.

»Du würdest ihn eher verkaufen, als eine Reitbeteiligung zu suchen? Warum denn das?«

»Weil ich dann wenigstens nicht mit ansehen müsste, dass jemand anders auf ihm sitzt.« Laura hat die Arme fest vor der Brust verschränkt.

»Aber das musst du doch gar nicht, du bist doch ohnehin nie am Stall.«

Laura verdreht die Augen. Aber eine Antwort darauf scheint ihr nicht einzufallen.

»Ich will keine Reitbeteiligung und damit basta.«

Wütend dreht sie sich auf dem Absatz rum und rennt aus dem Zimmer.

Lea starrt ihr verblüfft nach. Lieber verkaufen als eine Reitbeteiligung. Wenn sie doch nur endlich, endlich, endlich verstehen würde, was in ihrer Schwester vorgeht!

»Hey, was ist los mit dir? Hat dir der Film nicht gefallen?«

Lea und Tom sitzen in der Eisdiele direkt neben dem Kino und schlürfen ihren Milchshake.

»Was? Was hast du gesagt?« Lea guckt hoch. »Der Film? Oh doch, jaja, er hat mir sogar sehr gut gefallen.«
Meine Güte, wie dämlich kann man sein. Da sitzt sie mit dem nettesten Jungen der ganzen Stadt in der Eisdiele und hört ihm nicht richtig zu.
»Wie kommst du darauf, dass ich den Film nicht gut fand?«
»Weil du die ganze Zeit so nachdenklich bist«, sagt Tom und schiebt sein leeres Glas beiseite. »Oder langweile ich dich?«
»Was?«
»Oh Gott, ich glaube, ich habe dich wirklich gelangweilt. Du bist ja schon halb eingeschlafen. Tut mir leid. Ich wusste gar nicht, dass ich so ein Versager bin.«
Lea guckt Tom an.
Meint er das etwa ernst?
Dann bemerkt sie, wie sein Gesicht sich nach und nach zu einem Grinsen verzieht.
Sie atmet erleichtert auf.
»Es tut mir leid, ich habe gerade an etwas ganz anderes gedacht. Es hat nichts mit dir zu tun. Echt nicht.«
»Na, vielen Dank auch«, sagt Tom und lässt die Mundwinkel wieder hängen. »Mit wem hat es denn dann zu tun? Mit diesem tollen Typen aus dem Film?«
Lea kichert. »Der war wirklich nicht schlecht. Aber um ehrlich zu sein, ich habe an meine Schwester gedacht.«
»An deine Schwester? Wieso? Was ist mit ihr?«
»Sie ist irgendwie so anders geworden. So, so, na, so schwierig eben.«
»Wie schwierig?« Tom guckt sie verständnislos an. »Nimmt sie Drogen? Plündert sie den Kühlschrank? Oder hat sie eine Bank überfallen?«

Lea lacht. Tom kennt Laura gar nicht. Die beiden haben sich nie getroffen.

»Nein, aber . . .«

Sie zögert.

Soll sie Tom wirklich erzählen, was ihr Sorgen bereitet?

»Na komm schon«, ermuntert Tom sie. »Du musst es mir erzählen, sonst glaube ich, dass es eine Ausrede war und du dich doch langweilst. Dann kriege ich einen Komplex und gehe nie wieder mit einem Mädchen aus. Möchtest du dafür verantwortlich sein? Möchtest du das wirklich?«

»Na gut«, sagt Lea grinsend. »Dann bleibt mir wohl nichts anderes übrig.«

Sie beginnt langsam, und als sie merkt, wie gut es ihr tut, sich endlich einmal alles von der Seele zu reden, kommt sie richtig in Fahrt. Sie redet und redet und lässt kaum etwas aus.

»So sieht es aus«, sagt sie, als sie endlich fertig ist.

Tom hat ihr die ganze Zeit schweigend zugehört.

»Ein Fall von Pubertätskrise«, sagt er dann.

»Pubertätskrise?« Lea runzelt die Stirn. »Und warum habe ich die dann nicht? Wir sind schließlich Zwillingsschwestern.«

»Keine Ahnung«, sagt Tom, »bei den einen ist es schlimmer und bei den anderen eben nicht. So ist das Leben. Ungerecht. Oder . . . na ja. Es kommt halt, wie es kommt.«

Er macht eine kurze Pause und guckt Lea vielsagend an.

»Man sagt allerdings, dass die, bei denen es später zur Sache geht, nachher die Schlimmsten sind.«

»Blödmann«, lacht Lea und wirft ihre zerknüllte Serviette über den Tisch. »Du hörst dich an, als wärst du Psychologe.

Dabei bist du doch selber nur ein blöder pubertierender Teenager.«

»Aber einer mit großen Erfahrungen in diesem Bereich«, antwortet Tom. »Bei meinem Bruder war es die reinste Katastrophe. Es gab eine Zeit, da haben zu Hause alle nur noch geschrien. Die Ohren sind einem weggeflogen davon. Das war vielleicht schrecklich!«

»Dein Bruder?« Lea guckt ihn erstaunt an. »Ich wusste gar nicht, dass du einen hast. Warum hast du ihn nie erwähnt?«

Toms Züge verdunkeln sich plötzlich.

»Ach, das ist eine lange Geschichte. Vielleicht erzähle ich sie dir ein anderes Mal. Jetzt ist es schon spät. Ich muss gehen.«

Er ruft den Kellner und bezahlt in Windeseile beide Milchshakes, obwohl Lea sich heftig dagegen wehrt. Dann setzt er sich seine schwarze Baseballkappe auf die blonden Locken und geht, ohne noch viel zu sagen.

Lea sieht ihm nachdenklich hinterher. Tom war plötzlich so anders. Gar nicht mehr so lustig. Und spät ist es doch eigentlich noch gar nicht. Warum musste er denn so plötzlich aufbrechen?

Die ganze Heimfahrt in der S-Bahn überlegt sie, was sie falsch gemacht haben könnte. Ob sie zu neugierig war? Ob Tom genervt war, weil sie ihm lauter langweilige Dinge erzählt hat? Sie hat keine Ahnung.

Als sie an ihrer Haltestelle aussteigt und zu ihrem Fahrrad geht, das an einem der Fahrradständer angekettet ist, beschließt sie, dass es noch früh genug ist, um zum Stall zu fahren. Dann kann sie White Star wenigstens noch Gute Nacht sagen. Seitdem sie den Schimmelwallach vor drei Jahren bekommen hat, hat es kaum einen Tag gegeben, an dem sie nicht bei ihm war. Sie hat schon fast ein schlechtes Gewissen, dass sie heute so spät dran ist. Nicht, dass sie noch so wie Laura wird! Gott bewahre! Ganz zu schweigen von der Pubertätskrise. Sie muss grinsen.

Auf der Reitanlage angekommen, stellt Lea ihr Fahrrad ab und geht zu White Stars und Black Suns Stall. Beide Wallache wiehern, als sie die Tür öffnet.

Lea geht zuerst zu White Stars Box. Der Wallach kommt ihr neugierig entgegen und schnuppert an ihrer Jeans. Er hat lauter grüne Flecken vom Wälzen im Gras.

»Na, du hast deinen freien Tag offensichtlich genossen«, lacht sie und krault den Schimmel hinter den Ohren. Dort mag er es immer besonders gerne.

»Weißt du was, ich putze dich noch etwas, damit du vor dem Schlafengehen schön sauber bist.«

Sie nimmt das Halfter, das vor der Box an einem Haken hängt, und zieht es dem Wallach über. Dann führt sie ihn auf die Stallgasse und befestigt ihn links und rechts an den dort angebrachten Stricken.

Als sie gerade in die Sattelkammer gehen will, öffnet sich die Stalltür.

»Sina«, ruft Lea erfreut. »Was machst du denn noch hier? Ich dachte, ihr wolltet die DVD angucken?«

Sina verzieht das Gesicht. »Ich warte auf den Tierarzt. Er konnte nicht früher. Conny und Paula stehen draußen, um ihn abzupassen.«

»Auf den Tierarzt?«, fragt Lea erschrocken. »Ist etwas mit Bounty Bay?«

Sina zuckt mit den Schultern. Sie sieht bedrückt aus. »Er hat ein dickes Bein.«

»Echt? Woher? Hat er sich auf der Koppel vertreten?«
»Keine Ahnung«, seufzt Sina. »Als ich heute Nachmittag kam, war es dick.«
»Und hat er gelahmt?«
Sina nickt. »Ganz schön sogar. Vorne links. Heftig.«
Sie macht eine Pause. »Herr Dahmitz meint, dass es bestimmt wieder weggeht, wenn er ein paar Tage steht. Aber ich möchte kein Risiko eingehen. Deshalb hat meine Ma den Tierarzt gerufen. Sie hat allerdings echt eine Krise bekommen.«
Lea nickt verständnisvoll. Sinas Mutter hat nach der Geburt ihrer jüngsten Tochter, der fünfjährigen Jana, nicht mehr in ihren Job als Laborassistentin gefunden. Seitdem muss ihr Vater, ein freiberuflicher Journalist, alleine für den Unterhalt der Familie aufkommen. Es ist nicht gerade einfach für ihn, jeden Monat die Boxenmiete für Bounty Bay und die Trainingsstunden für Sina zu bezahlen. Kein Wunder, dass Sinas Mutter bei dem Gedanken an die Tierarztkosten nicht sonderlich glücklich ist.
»Ach komm.« Lea klopft ihrer Freundin tröstend auf die Schulter. »Es wird schon nichts Schlimmes sein. Der Tierarzt muss bestimmt nur einmal kurz draufgucken. Das wird nicht so teuer.«
»Schön wäre es«, seufzt Sina. »Ich hoffe so sehr, dass Bounty Bay nichts Schlimmes hat.«
Lea nickt. Es wäre eine echte Katastrophe, wenn sich das Pferd schlimm verletzt hätte. Nicht nur für ihn selbst und seine Reiterin. Sondern auch für die ganze Mannschaft. Denn ohne ihn und Sina würden sie alle nicht beim Goldenen Band starten können.

5. Kapitel

Ein Sehnenanriss?«

Lea starrt Conny und Paula fassungslos an. Die beiden sind gerade zu ihr in den Hof herausgekommen, um ihr die schlechte Nachricht zu übermitteln.

»Und wie lange dauert das?«

Conny zuckt mit den Achseln und macht ein düsteres Gesicht.

»Was weiß ich? Wochen. Monate. Keine Ahnung. Jedenfalls zu lange, als dass er für das Goldene Band wieder fit sein könnte. Außerdem müssen wir ja erst noch durch die Qualifikation.«

Lea setzt sich auf die Bank unter dem großen Kastanienbaum in der Mitte des Hofes und wischt sich den Staub von der eben noch weißen Jeans. Zwei Pferde können einen ordentlichen Dreck hinterlassen.

Conny und Paula setzen sich links und rechts neben sie.

»Sag mal, was machst du eigentlich heute Abend hier? Ich dachte, du bist verabredet«, sagt Conny.

Sie wirft einen Blick auf Leas Shirt und die weiße Jeans.

»Das scheint mir auch nicht gerade das richtige Outfit für den Pferdestall zu sein. Hast du dich verlaufen?«

Lea seufzt.

»Ich war ja auch verabredet«, sagt sie. »Aber Tom musste plötzlich nach Hause. Da habe ich gedacht, dass ich dann genauso gut noch mal nach White Star und Black Sun gucken kann.«

»Oha.« Paula zieht die Augenbrauen hoch und guckt Lea

mitfühlend an. »Habt ihr euch etwa gestritten? Oder war der Film so schlecht?«
Lea schüttelt den Kopf. Sie nagt an ihrer Unterlippe.
»Nein. Weder noch.«
Sie schnippt sich ein Blatt, das gerade vom Baum gefallen ist, von der Schulter und sieht ihm nach, wie es vom dem leichten Wind davongeweht wird.
»Sag mal, Conny, wusstest du, dass Tom einen Bruder hat?«
»Nee, keine Ahnung. Woher auch? Wenn Tom hier ist, hat er doch nur Augen für dich. Wenn du so was nicht weißt, wer sollte es dann wissen? Mit mir jedenfalls redet er nicht groß.«
»Na ja, ich dachte ja auch nur, weil deinen Eltern die Anlage gehört. Kann ja sein, dass Toms Eltern etwas gesagt haben, als sie sich den Stall angeguckt haben.«
Conny denkt einen Moment lang nach.
»Nein, glaube ich nicht. Ich weiß nur, dass Tom und seine Leute erst vor Kurzem aus Hamburg hierhergezogen sind und einen neuen Stall für Robinson brauchten. Alles andere wirst du wohl selbst herausfinden müssen, meine Liebe.«
Lea lehnt sich zurück und starrt in die Äste, die sich hoch über ihr sanft in der Abendbrise wiegen.
»Was soll's. Vielleicht ging es ihm irgendwie nicht gut oder er musste noch Hausaufgaben machen. Ist ja eigentlich auch egal. Jetzt müssen wir erst mal überlegen, was wir mit der Mannschaft machen.«
»Und Sina trösten müssen wir«, sagt Paula und deutet mit dem Kopf in Richtung Stall, wo ihre Freundin sich gerade von dem Tierarzt verabschiedet. Als der mit seinem schwarzen Jeep vom Hof fährt, guckt sie sich suchend um.
»Hey, Sina, hier sind wir!«

Sina winkt und läuft zu ihnen.
»So eine Katastrophe«, sagt sie mit tränenerstickter Stimme, als sie bei ihnen angekommen ist. Mit einem lauten Plumps lässt sie sich zwischen Lea und Conny fallen. »Dr. Hausmann sagt, dass es mindestens acht Wochen dauert, bis wir wieder vorsichtig mit dem Schrittreiten anfangen können. Das heißt, wenn wir Glück haben. Wenn wir Pech haben, dauert es noch viel länger.«
»Der arme Bounty Bay«, sagt Lea teilnahmsvoll. »Muss er jetzt die ganze Zeit in der Box stehen?«
»Ich weiß gar nicht, wie er das aushalten soll. Wenn er wenigstens aufs Paddock dürfte oder so.« Sina seufzt laut. Sie sieht sehr traurig aus.
»Jedenfalls tut es mir echt leid, euch alles versaut zu haben. Aber das Goldene Band werden wir mit Sicherheit nicht hinkriegen. Wenn Bounty Bay überhaupt jemals wieder richtig läuft. Es ist nämlich nicht gesagt, dass er irgendwann wieder voll belastbar ist.« Sina fährt sich über die Stirn.
Lea weiß gar nicht, was sie sagen soll. Bounty Bay tut ihr so leid. Und Sina natürlich auch. Laura kommt ihr in den Sinn, die ein gesundes tolles Pferd hat und nicht mehr reiten möchte. Obwohl sie alle Möglichkeiten hätte. Wie ungerecht!
»Ach komm schon, so düster solltest du das nicht sehen«, sagt Conny und legt tröstend einen Arm um Sinas Schulter. »Bounty Bay wird ganz bestimmt wieder richtig gesund. Mach dir mal keinen Kopf. Wenn es dieses Jahr nicht klappt, starten wir eben im nächsten Jahr beim Goldenen Band.«
»Genau«, sagen Lea und Paula jetzt wie aus einem Munde. Doch eigentlich ist den beiden klar, dass Conny Sina nur

aufmuntern möchte. Denn auch wenn Bounty Bay sich erholen sollte – was ja noch überhaupt nicht klar ist –, heißt das noch lange nicht, dass sie als Mannschaft je wieder so gut sein werden wie bei den Wettkämpfen in den vergangenen Wochen. Der Zeitpunkt wäre einfach perfekt gewesen. Die Pferde sind fit, die Ergebnisse stimmen und die Stimmung im Team ist einfach super. Wer kann schon vorhersagen, ob es im nächsten Jahr genauso sein wird?

»Und wenn ihr euch einen Ersatz sucht?«, fragt Sina unvermittelt, ganz so, als hätte sie die Gedanken ihrer Freundinnen gelesen. »Dann könntet zumindest *ihr* doch noch starten.«

»Du bist gut«, sagt Conny, »wo sollen wir denn so schnell einen Ersatz herkriegen? Ich wüsste nicht, wer gut genug ist, um euch beide zu ersetzen. Wir hatten einfach unheimlich Schwein, dass du da warst, als Laura ausgestiegen ist, Sina.«

Sina kaut auf ihrer Unterlippe und denkt einen Moment lang nach.

»Und wenn ihr Laura fragt, ob sie . . . ich meine nur ausnahmsweise und nur bis zum Goldenen Band, reiten würde? Danach kann sie ja wieder aufhören.«

Lea lacht bitter. »Das kann ich mir kaum vorstellen. Die hat doch nichts anderes als ihren Freund und ihre neue Clique im Kopf. Und ihr Freund kann Pferde nicht leiden. Das hat sie mir heute erst erzählt. Der wird schon nicht zulassen, dass sie wieder den ganzen Tag am Stall rumhängt.«

Die drei Mädchen lassen die Köpfe hängen, schweigen und brüten.

»Ich hab eine Idee!«, ruft Conny plötzlich so laut, dass Lea und Sina erschrocken zusammenzucken. Neugierig gucken

sie das rothaarige Mädchen mit den vielen Sommersprossen an, das aufgesprungen ist und sie siegesgewiss ansieht.
»Idee! Ihr wisst schon. Kling, kling! Geistesblitz. Hört zu: Sina kann doch einfach in der Mannschaft bleiben.«
»Ach ja?«, fragt Sina zweifelnd. »Und wie? Soll ich etwa ohne Pferd über die Hindernisse springen? Ich glaube nicht, dass das erlaubt ist.«
»Haha«, stöhnt Conny, die normalerweise für die schlechten Witze zuständig ist. »Sehr witzig. Natürlich brauchst du ein Pferd.«
»Noch besser«, sagt Sina bitter. »Dann hattest du ja eine wirklich prima Idee, Conny! Ich gehe am besten gleich nach Hause und sage meinen Eltern, dass ich ein neues Pferd brauche. Sehr lustig. Die beiden werden ohnehin Theater machen wegen der hohen Tierarztkosten, die in nächster Zeit auf uns zukommen.«
»Oh Gott«, sagt Conny gereizt. »Jetzt mach es doch nicht so kompliziert. Natürlich sollen deine Eltern dir kein neues Pferd kaufen. Du brauchst jemanden, der dir ein Pferd zur Verfügung stellt. Leiht. Okay?«
Sina lacht. »Du bist echt lustig. Wer soll mir denn ein Pferd zur Verfügung stellen? Hier am Stall stehen doch kaum Buschpferde. Soll ich vielleicht Frau Dr. Geiselwind fragen, ob sie mir ihren Romantic leiht? Die Gute kriegt ja einen Herzinfarkt.«
Obwohl die Lage ernst ist, muss Lea lachen. Der Gedanke, dass die vornehme und etwas hochnäsige ältere Dame mit der strengen Frisur ihr teures Dressurpferd für eine Geländestrecke hergeben würde, entbehrt tatsächlich nicht einer gewissen Komik.

»Na ja, also . . .« Connys Blick wandert zu Lea. »Ich wüsste da schon eins«, sagt sie mit so einem seltsamen Unterton.

Lea starrt Conny an. Sie versteht nicht. Wen könnte ihre Freundin bloß meinen? Und warum schaut Conny sie so an? White Star reitet Lea schließlich selbst.

»Sag mal, steht ihr heute Abend alle auf der Leitung oder was? Alles abgeklemmt, ja? Keine Verbindung zur Zentrale da oben? Mann! Ist doch ganz klar, welches Pferd ich meine!«

Lea starrt Conny immer noch an. Dann dämmert es ihr langsam.

»Ach so«, sagt sie langsam. »Du meinst Black Sun, nicht wahr?«

Conny nickt und pfeift anerkennend. »Herzlichen Glückwunsch, die Kandidatin hat hundert Punkte und ist in der nächsten Runde.«

»Das kannst du vergessen«, sagt Lea.

»Warum?«, fragt Conny. »Erlauben es deine Eltern etwa nicht?«

»Ach Quatsch, denen ist das egal. Aber Laura will es nicht. Sie gibt ihn nicht her.«

Conny verdreht die Augen. »Die soll sich nicht so anstellen. Black Sun steht doch ohnehin die meiste Zeit nur rum. Dann sprechen wir einfach deine Eltern direkt an. Die zahlen schließlich für ihn. Und sie haben bestimmt nichts dagegen, wenn er etwas bewegt wird.«

»Etwas bewegt wird ist gut«, mischt Sina sich ein, der das Ganze offensichtlich etwas peinlich ist. »Wir reden immerhin vom Goldenen Band, das ist schon eine anspruchsvolle Prüfung. Und davon ganz abgesehen weiß ich nicht, ob ich überhaupt gut genug für so ein tolles Pferd bin. Nachher mache ich noch etwas kaputt.«

Sie meint das ernst, denkt Lea. Sina macht sich immer so klein.

»Papperlapapp«, sagt Conny ungehalten. »Du reitest mindestens genauso gut wie Laura. Oder was meinst du, Lea?«

»Das ist wirklich nicht das Problem, Sina«, sagt Lea schnell. »Du kämst bestimmt ganz toll mit Black Sun zurecht. Aber Laura will einfach nicht, dass jemand anderes auf ihm sitzt. Außer mir natürlich. Wobei ich nicht glaube, dass sie mich mit ihm aufs Turnier lassen würde. Sie hat gesagt, lieber soll er verkauft werden, als dass ihn hier am Stall ein anderer reitet.«

»So etwas Dämliches habe ich wirklich noch nie gehört«, murrt Conny. »Man könnte meinen, Laura hat völlig den Verstand verloren. Und alles wegen so einem Typen. Was ist das überhaupt für ein Kerl? Ich sehe ihn immer nur mit dieser blöden Angeberkarre durch die Gegend düsen. Rrrrroaaar. Peinlich . . .«

Gute Frage. Was für ein Typ ist Alexander eigentlich? Er ist zwei Jahre älter als Lea und Laura und hat schon den Führerschein. Die »Angeberkarre« ist ein dunkelblaues BMW-Cabriolet, das ihm sein Vater zum Geburtstag geschenkt hat. Alexanders Eltern haben sich schon vor einigen Jahren getrennt. Sein Vater ist ein bekannter Kieferorthopäde, der mit viel Geld auszugleichen versucht, dass er sich kaum um seinen Sohn kümmert.

Die meisten Mädchen in der Schule beneiden Laura, weil sie mit Alexander zusammen ist. Sie finden, dass er mit den schwarzen Haaren und den strahlend blauen Augen einfach umwerfend aussieht. Lea dagegen kann seine kalte, überlegene Art nicht ausstehen und findet ihn ziemlich unsympathisch.

»Wenn du mich fragst, ist er ein ganz schöner Angeber«, sagt sie zögernd. »Und außerdem mag er ja, wie ich gerade gesagt habe, keine Pferde. Jedenfalls geht Laura nicht mehr an den Stall, seitdem sie mit ihm zusammen ist. Vielleicht hat sie Angst, dass Alexander sie dann nicht mehr mag, wenn sie statt nach Parfüm nach Pferd riecht.«

»Scheint mir ja ein ganz schöner Kotzbrocken zu sein«, sagt Conny angewidert. »Ich verstehe Laura nicht.«

»Ich auch nicht«, seufzt Lea. »Aber das ändert nichts daran, dass sie uns Black Sun niemals zur Verfügung stellen wird. Wir müssen uns also etwas anderes überlegen.«

»Vielleicht gibt es ja doch jemanden vom Stall, der mich ersetzen könnte«, wirft Sina ein. »Wie sieht es denn mit Tom aus? Robinson springt doch so toll.«

»Hey ja«, ruft Paula. »Keine schlechte Idee! Warum sind wir da noch nicht früher draufgekommen? Wie sieht es aus, Lea?«

»Sorry, Mädels. Aber das können wir leider auch vergessen. Tom hat mir erzählt, dass Robinson vorher einem Buschreiter gehörte, der ihn verkauft hat, weil er nicht durch Wasser geht.«

»Oh weh. Ein Nichtschwimmer.« Conny schüttelt traurig den Kopf. »Das können wir wirklich vergessen. Ein Pferd, das nicht durch Wasser geht, kann man im Busch nicht brauchen. Aber irgendeine Lösung muss uns doch einfallen. Es kann doch jetzt nicht einfach alles vorbei sein.«

6. Kapitel

Als Lea an diesem Abend nach Hause kommt, rasen ihr die Gedanken nur so durch den Kopf. Sie überschlagen sich richtig. Was für ein seltsamer Abend. Es hatte ja ganz schön angefangen mit Tom im Kino. Aber warum hatte er es plötzlich so eilig, nach Hause zu kommen? Wenn sie das nur wüsste!

Und dann die Geschichte mit Bounty Bay!

Der große Braune hätte sich aber auch wirklich keinen ungünstigeren Zeitpunkt für seine Pause aussuchen können als jetzt. Lea weiß natürlich, dass so ein Gedanke ungerecht ist. Der Wallach ist schließlich immer noch der, der am meisten unter seiner Verletzung leidet. Trotzdem ist sie unheimlich enttäuscht, dass das Goldene Band damit ein für alle Mal erledigt ist. Wie sehr hat sie sich darauf gefreut, mit der Mannschaft an dem großen Turnier teilzunehmen! Und sie waren gerade so gut, alle zusammen.

Wenn Laura doch nur nicht so ein Sturkopf wäre! Es wäre die ideale Lösung, wenn Sina auf Black Sun reiten dürfte. Aber Lea weiß genau, dass es keinen Sinn hat, noch einmal mit ihrer Schwester zu reden. Wenn Laura nicht will, dann will sie nicht. Und es gibt niemanden, der sie dann vom Gegenteil überzeugen könnte. Nicht Laura.

Missmutig stellt Lea das Fahrrad in den Schuppen neben der Garage und geht zur Haustür. In der Küche brennt Licht. Und als sie näher kommt, hört sie laute Stimmen. Darunter auch die eines Mannes.

Ihr Vater!

Eilig läuft sie über den gekiesten Weg zum Haus und klingelt. Gleich darauf hört sie Schritte näher kommen. Ihre Mutter öffnet die Tür. Sie sieht ganz schön genervt aus. Lea kennt diesen Blick.

»Ist Papa wieder da?«, fragt sie.

Mareike Benedikt nickt.

Lea zieht die Sneakers aus und eilt auf Socken in die Küche. Sie freut sich sehr, dass ihr Vater endlich wieder zu Hause ist. Er war ja eine ganze Weile weg.

Doch die Freude währt nur kurz.

Denn als sie die Küchentür öffnet, sieht sie ihren Vater mit düsterem Gesicht in großen Schritten durch den Raum laufen. Er lächelt kurz, als er Lea sieht. Doch sein Blick wandert gleich wieder zu Mareike, die hinter Lea die Küche betreten hat.

»Ich verstehe dich nicht, Mareike. Wirklich nicht. Das Kind kann doch nicht machen, was es will. Sie ist doch erst sechzehn. Und so unvernünftig, als wäre sie erst zwölf. Herrgott!«

Lea verzieht das Gesicht. Na toll. Wenn ihr Vater früher nach einer Geschäftsreise nach Hause gekommen ist, hat die ganze Familie abends am Küchentisch gesessen und alle haben erzählt, was sie in den letzten Tagen erlebt haben. Jetzt haben alle nur noch schlechte Laune oder sind, wie Laura, erst gar nicht da.

Früher, denkt Lea.

»Du hast gut reden«, verteidigt sich Mareike. »Du bist die ganze Zeit unterwegs, während ich hier alles alleine machen muss. Demnächst kannst du ja zu Hause bleiben und dich um die Mädchen kümmern. Bitte schön.«

Sie guckt Lea entschuldigend an.

»Tut mir leid, Lea. Dich meine ich eigentlich gar nicht.«
Lea zuckt mit den Schultern.
Natürlich meint ihre Mutter sie nicht.
»Ist okay«, sagt sie matt.
Sie hat schon seit Längerem das Gefühl, dass keiner sie mehr wahrnimmt, weil Laura ständig Ärger macht.
»Ist wirklich okay«, sagt sie und öffnet den Kühlschrank. »Was gibt es heute Abend zu essen?«
»Essen?« Mareike reißt die Augen auf. »Ach du Schande. Das habe ich völlig vergessen. Ich wollte ja noch einkaufen. Tut mir leid, ich hatte so viel im Kopf, dass ich einfach nicht mehr daran gedacht habe.«
Sie stellt sich neben Lea und begutachtet den Inhalt des Kühlschranks. Außer ein paar Joghurts und einer Tüte Milch herrscht dort trübe, gähnende Leere.
»Hm. Da ist wohl nichts zu holen. Wollen wir vielleicht eine Pizza bestellen? Was meinst du, Georg?«
»Nein, danke, mir ist der Appetit gründlich vergangen«, schnaubt Leas Vater.
Mareike guckt ihn wütend an.
»Willst du mir jetzt noch ein größeres schlechtes Gewissen machen und mir sagen, dass ich nicht nur eine schlechte Mutter, sondern auch noch eine schlechte Hausfrau bin. Ja? Ist es das, was du mir sagen möchtest?«
Ihre Stimme wird immer schriller.
»Dann mach deinen Kram gefälligst demnächst alleine. Ich bin auch den ganzen Tag beim Arbeiten. Du hättest genauso gut ans Einkaufen denken können.«
»Ich komme gerade erst aus New York«, murmelt ihr Mann wütend. »Woher hätte ich also wissen sollen, dass der Kühl-

schrank wieder einmal leer ist? Gab's da eine Funkverbindung oder so was? Tower an Kühlschrank?«

»Weißt du was?« Mareike schlägt mit einem lauten Knall die Kühlschranktür zu. »Mir reicht's. Ich habe die Nase endgültig voll.«

Lea guckt ihre Mutter fassungslos an. So wütend hat sie sie selten erlebt.

»Das könnte ich genauso gut sagen«, kontert Georg. »Ich habe es absolut satt, dass ich mich ständig für die Arbeit krummlege, und wenn ich nach Hause komme, auch noch so etwas in der Post auf mich wartet. So geht es nicht weiter.«

Er pfeffert einen Briefumschlag auf den Tisch und nimmt sein Jacket, das über einem Küchenstuhl hängt.

»Was heißt hier, so geht es nicht weiter?« Mareikes Augen funkeln gefährlich. »Willst du mir etwa drohen? Willst du uns verlassen, wenn wir dich nicht schonen? Weißt du was? Ich habe eine bessere Idee. Ich gehe. Ich!«

Sie rast aus der Küche und rennt lautstark die Treppe nach oben. Dann knallt eine Tür.

Georg Benedikt und Lea stehen einfach nur da und blicken durch die geöffnete Küchentür in den Flur.

»Tut mir leid, Lea, dass du das mit anhören musstest«, sagt Georg nach einer Weile. »Ich glaube, wir sind ziemlich am Ende mit unseren Nerven. Ich gehe mal zu ihr hoch.«

Als er gegangen ist, nimmt Lea die Milchtüte aus dem Kühlschrank und schüttet sich ein Glas ein. Aus der Pizza wird wohl heute Abend nichts mehr.

Sie setzt sich und betrachtet den Brief, den ihr Vater auf den Tisch geknallt hat. Sie holt tief Luft, als sie den Namen ihrer Schule auf dem Umschlag erkennt. Vorsichtig zieht sie den

Brief zu sich heran und guckt sich um. Ob sie einen Blick riskieren soll? Sie sieht sich noch mal um. Ihre Eltern sind immer noch oben. Eine bessere Gelegenheit als jetzt gibt es nicht.

Mit zittrigen Fingern nimmt sie das Schreiben aus dem geöffneten Umschlag und beginnt zu lesen. Als sie fertig ist, steckt sie den Brief wieder ordentlich zurück in den Umschlag und legt ihn auf den Tisch.

Herr Maierhofer hat also seine Drohung wahr gemacht. Wegen ständigen Störens, extrem aufmüpfigem Verhalten und nicht gemachter Hausaufgaben soll ein Disziplinarausschuss einberufen werden, im dem über Lauras weitere Zukunft an der Schule gesprochen wird. Lea ist völlig verstört. Sie hat gedacht, ihre Eltern müssten zu einem Gespräch bei Herrn Maierhofer antanzen oder so etwas. Aber gleich ein Disziplinarausschuss? Offensichtlich hat sie nicht alles mitbekommen, was sich zwischen Laura und den Lehrern abgespielt hat. Kein Wunder, dass ihre Eltern so von der Rolle sind.

Lea holt sich zwei Joghurts aus dem Kühlschrank, überprüft das Verfallsdatum und geht auf ihr Zimmer. Besser, sie ist nicht dabei, wenn Laura nach Hause kommt. Für heute hat sie genug erlebt.

Mit knurrendem Magen geht sie ins Badezimmer. Ihr Outfit hat ganz schön gelitten am Stall. Das T-Shirt und die Hose sind ganz dreckig vom Putzen und landen sofort nach dem Ausziehen in der Wäsche. Lauras Hände und ihr Gesicht sind auch ganz schwarz von dem Staub, den sie aus dem Fell der beiden Pferde gestriegelt hat. Sie springt unter die Dusche und schlüpft anschließend in ein Schlaf-T-Shirt. Trotz des Hungers ist sie hundemüde.

Sie legt sich ins Bett und löscht das Licht. Als sie schon im Halbschlaf ist, hört sie ein Auto vorfahren. Eine Tür wird geöffnet, sie hört Stimmen, dann fährt das Auto weg.
Laura ist also endlich nach Hause gekommen. Lea guckt auf den Wecker mit dem Leuchtzifferblatt neben ihrem Bett. Halb eins. Verdammt spät für einen normalen Wochentag.
Wenig später hört Lea wieder Stimmen. Lauter diesmal als vor dem Haus. Viel lauter. Ihr Vater und Laura, die unten im Flur sind und sich anbrüllen. Lea zieht sich das Kopfkissen über die Ohren und versucht krampfhaft, an etwas Schönes zu denken. Will das Streiten denn heute überhaupt kein Ende mehr nehmen?
Sie stellt sich die Galoppstrecke vor. An einem schönen Frühlingsmorgen.
Wenigstens ist sie müde, hundemüde.

Am nächsten Morgen herrscht gedrückte Stimmung am Küchentisch, sie lastet Lea richtig auf den Schultern, bleischwer. Mareike hat verweinte Augen und sitzt, ohne ein Wort zu sagen, vor ihrer dampfenden Tasse Kaffee. Georg macht ein finsteres Gesicht und tut so, als würde er Zeitung lesen. Lea, die einfach schweigend ihre Cornflakes löffelt, weiß jedoch, dass er nicht wirklich liest. Er hat, solange sie hier sitzen, nicht einmal umgeblättert.
Viel später als alle anderen kommt Laura in die Küche und gießt sich mit kühlem Blick eine Tasse Kaffee ein.
Ihr Vater legt die Zeitung vor sich und guckt sie an.
»Du brauchst gar nicht so ein Gesicht zu ziehen, junge Dame.«
Lea muss ein Kichern unterdrücken. So gestelzt hat sie ihren Vater noch nie reden hören. Wahrscheinlich glaubt er, dass

er bei Laura heute besonders autoritär wirken muss. Ob es wirkt? Lea hat da so ihre Zweifel.
Laura lehnt sich völlig unbeeindruckt auf ihrem Stuhl zurück und weicht dem Blick ihres Vaters keinen Millimeter aus.
»Kann dir doch egal sein, was ich für ein Gesicht ziehe.«
Lea bemerkt, dass ihr Vater ganz rot wird und sein Kehlkopf auf und ab wandert. Offensichtlich muss er sich ordentlich zusammenreißen, um nicht gleich loszubrüllen.
»Bitte, Laura, nicht gleich wieder so. Kannst du bitte einfach frühstücken? Ich habe keine Lust mehr auf diese ewige Streiterei«, sagt Mareike. »In dieser Familie dreht sich alles nur noch um dich, falls es dir noch nicht aufgefallen sein sollte.«
Laura pustet sich eine Haarsträhne aus dem Gesicht und zuckt mit den Schultern.
»Na und? Ist doch eure Sache. Wegen mir muss das ganz bestimmt nicht so sein. Ich verstehe ohnehin nicht, warum ihr ständig so ein Theater um mich macht. Glaubt ihr, mich nervt das nicht? Hä?«
Da schlägt Georg so fest mit der flachen Hand auf den Tisch, dass Lea fast ihr Glas mit dem Orangensaft umschmeißt. Hoppla!
»Du gehst jetzt sofort hoch und holst deine Sachen. Dann setzt du dich ins Auto und wartest, bis wir kommen. Verstanden?«
Seine Stimme ist ganz leise und Lea hat das Gefühl, dass er jeden Augenblick explodieren könnte. Sie seufzt. Ihr geht es wie Mareike. Auch sie hat keine Lust mehr auf diese ewige Streiterei. Sie höhlt einen aus.
Laura, die gemerkt hat, dass es ihrem Vater jetzt richtig

ernst ist, steht auf, lacht gekünstelt und verlässt die Küche, das Kinn gereckt.
Mareike guckt ihren Mann hilflos über den Tisch an. »Ich weiß überhaupt nicht, was mit dem Kind los ist. Wenn ich nur wüsste, was ihr Problem ist.«
»Ihr Problem?« Georg lacht bitter. »Sie *hat* kein Problem, sondern sie *ist* das Problem. Unser Problem. Es hilft nichts, Laura braucht einfach eine festere Hand. Sie tanzt uns sonst nur noch auf der Nase rum. Ich werde vom Büro aus gleich in der Schule anrufen und einen Termin mit ihrem Klassenlehrer machen. Wir müssen mit ihm sprechen, bevor es zu diesem Disziplinarausschuss kommt. Irgendetwas muss geschehen. Und zwar bald.«
Er schiebt den Stuhl nach hinten und steht auf. Dabei fällt sein Blick auf Lea. Fast kommt es ihr so vor, als hätte er völlig vergessen, dass sie mit am Küchentisch sitzt.
»Oh Lea. Entschuldigung. Hol schnell deine Tasche, damit wir endlich zur Schule fahren können. Wir sollten jetzt wirklich los.«
Lea geht in den Flur und nimmt ihren Rucksack, der dort neben der Garderobe auf sie wartet. Sie fragt sich, ob es überhaupt jemandem auffallen würde, wenn sie einfach weggehen würde. Seit Laura ständig Ärger macht, scheinen ihre Eltern überhaupt keinen Gedanken mehr an sie zu verschwenden. Ob es die beiden überhaupt kümmert, dass Lea nicht beim Goldenen Band reiten kann? Dann fällt ihr auf: Sie hat von ihrem Unglück ja nicht mal erzählt. Sie kommt schon gar nicht mehr darauf, von sich und ihren Sorgen zu erzählen. Für Kummer ist ja Laura zuständig. Und zwar ganz allein.

7. Kapitel

Los, White Star!«

Lea gibt die Zügel ein wenig nach und schnalzt leise mit der Zunge. Der Schimmel macht sich ganz lang und fällt von einem langsamen in einen gestreckten Galopp. Dann donnert er mit Höchstgeschwindigkeit über den weichen Waldboden. Lea sieht rechts und links von sich die Bäume vorbeifliegen. Der Wind fegt ihr um die Ohren und sie beugt den Oberkörper noch tiefer über White Stars Hals. Der Wallach schnaubt bei jedem Galoppsprung und scheint das Tempo genauso zu genießen wie Lea. Temporausch. Alles vergessen.

Als der Weg schmaler wird und eine enge Wendung macht, pariert Lea wieder zum Trab und direkt danach zum Schritt durch. Anschließend lässt sie die Zügel lang und tätschelt den Hals des Schimmels, der bei dem schnellen Galopp etwas feucht geworden ist.

»Braver Junge«, lobt Lea. Sie holt tief Luft und atmet den würzigen Geruch des Waldes ein. Holz, Harz, Laub und Nadeln. Fette Erde.

»Ach, White Star«, sagt sie leise. »Wenn ich dich nicht hätte.« Sie meint es so.

Der Wallach wirft den Kopf hoch und beginnt zu tänzeln.

»Hoho«, sagt Lea und lacht. »Du würdest am liebsten noch weitergaloppieren, was?«

White Star schnaubt, als wolle er ihr recht geben. Der wunderschöne Angloaraber galoppiert für sein Leben gerne.

»Okay, du hast es nicht anders gewollt. Aber nimm die Füße hoch.«

Lea nimmt die Zügel wieder auf und trabt an. Der Weg, auf den sie jetzt kommen, gehört zur Reitanlage und Connys Vater hat den Mädchen dort erst kürzlich einige gefällte Baumstämme als Hindernisse hingelegt.
Lea lässt White Star angaloppieren und steuert den ersten Sprung an. Es ist der Stamm einer dicken Eiche, den Herr Dahmitz einladend auf dem Weg positioniert hat. White Star richtet die Ohren aufmerksam nach vorne und setzt dann mit einem eleganten Satz darüber. Als er butterweich auf der anderen Seite landet, wendet Lea nach rechts ab und dreht auf drei etwas schmalere Baumstämme zu, die jeweils mit einem Galoppsprung Abstand hintereinandergelegt sind. Wie ein Flummi hüpft White Star hinüber und buckelt übermütig, nachdem er über den dritten Stamm hinweggesetzt ist.
Lea tritt noch fester in die Bügel, damit sie nicht das Gleichgewicht verliert. Auf Überraschungen wie diese ist sie bei ihrem Schimmel jederzeit gefasst. Denn auch wenn White Star ein Schatz ist, hat er es manchmal faustdick hinter den Ohren. Sie weiß, dass er es nicht böse meint, sondern einfach nur nicht weiß, wohin er mit seiner ganzen Energie soll. Er ist ein temperamentvolles, kräftiges Pferd. Schon immer gewesen.
Lea springt noch einige Male über ein paar einzelne Baumstämme, bevor sie White Star endgültig die Zügel lang lässt. Der Schimmel streckt den Hals nach unten und schnaubt zufrieden. Lea nimmt die Füße aus den Steigbügeln und lässt die Beine baumeln. Sie liebt es, im leichten Sitz zu reiten, aber auf Dauer ist es auch ganz schön anstrengend.

Als sie gerade gemütlich mit White Star Richtung Stall bummelt, kommt ihr ein Reiter auf einem großen braunen Pferd entgegen.

Tom!

Leas Herz schlägt schneller. Seit ihrem Kinobesuch vor drei Tagen ist Tom nicht mehr am Stall gewesen. Kathrin, die Bereiterin der Anlage, hat sich in der Zwischenzeit um Robinson gekümmert.

Tom reitet auf sie zu und hält Robinson direkt vor White Star an.

»Hey, da bist du ja, ich habe dich gesucht. Hast du Lust, noch eine Runde Schritt zu gehen, bevor meine Stunde anfängt?« Tom lächelt sie an.

Lea nickt und wendet White Star in die andere Richtung.

Sie nickt. »Klar.«

Eine Weile reiten sie schweigend nebeneinanderher. Nur der Gesang der Waldvögel ist zu hören und die dumpfen Tritte der Pferde auf dem weichen Boden.

»Warst du, äh, krank?«, fasst Lea sich schließlich ein Herz. »Ich habe gesehen, dass Kathrin Robinson die letzten Tage geritten hat.«

»Nein, ich musste lernen«, stöhnt Tom und hält sich in gespielter Verzweiflung die Hand an die Stirn. »Mein Kopf ist fast geplatzt von all den Französischvokabeln, die ich mir einpauken musste. Ich hasse Französisch. Es macht mir Knoten in die Zunge. Und ins Hirn.«

»Echt? Ich finde Französisch toll«, sagt Lea. »Na ja, zumindest im Vergleich zu einigen anderen Fächern. Mathe zum Beispiel. Oder Chemie.«

»Ach ja, das alte Lied! Frauen und Naturwissenschaften, das

funktioniert einfach nicht«, sagt Tom spöttisch und grinst Lea frech an.

»Männer und Sprachen aber offensichtlich auch nicht«, kontert sie lachend. »Wie man ja an dir sieht.«

Tom seufzt gespielt. »Touché. Dem kann ich wohl nichts entgegensetzen.« Dann grinst er.

Lea ist erleichtert, dass zwischen ihr und Tom wieder alles in Ordnung zu sein scheint. Sie hat nach ihrem Treffen schon Angst gehabt, dass ihre Beziehung – wenn man von einer solchen überhaupt sprechen konnte – aus irgendeinem Grunde Schaden genommen hatte. Dem scheint glücklicherweise nicht so zu sein. Ganz im Gegenteil.

»Sag mal, was machst du eigentlich Samstag?«, fragt Tom und guckt von dem riesigen Robinson auf sie herab.

»Ich? Äh. Nichts. Wieso?«

»Vielleicht hast du ja Lust, mit mir ins Café Flip Flop zu gehen? Oder gehst du aufs Turnier?«

»Nee, sicher nicht.«

Als sie Toms entgeisterten Gesichtsausdruck sieht, erkennt sie, was sie gesagt hat.

»Halt, stopp, ich glaube, du hast mich falsch verstanden. Klar gehe ich gerne mit dir ins Café Flip Flop«, beeilt sie sich zu sagen. »Ich wollte sagen, dass ich sicher nicht auf das Turnier gehe. Überhaupt ist die Turniersaison für uns komplett beendet.«

»Was?«, fragt Tom entsetzt. »Wieso denn das?«

Lea erzählt ihm von Bounty Bays Verletzung und dass die Mannschaft so schnell keinen Ersatz findet. Es tut ihr gut, sich die unselige Geschichte von der Seele zu reden.

»Wir haben sogar überlegt, dich zu fragen«, beendet sie ih-

re Erzählung. »Aber Robinson geht ja nicht durchs Wasser.«
»Oh, das tut mir wirklich leid«, sagt Tom ehrlich zerknirscht. »Aber da ist echt nichts zu machen.« Er klopft dem großen braunen Wallach den Hals. »Mein Dicker macht alles für mich. Aber Wasser . . .« Er schüttelt den Kopf. »Im Leben nicht.«
»Das habe ich den anderen auch gesagt«, seufzt Lea. »Conny hat dann vorgeschlagen, dass Sina einfach Black Sun reitet.«
»Hey, aber das ist doch eine super Idee«, sagt Tom begeistert. »Dem würde es bestimmt nicht schaden, wenn er mal wieder was tut. Ich meine, er steht doch nur.«
»Stimmt schon. Aber das würde Laura leider nie zulassen.«
»Hast du sie denn gefragt?«
»Nein, nicht direkt. Bei uns zu Hause ist auch so schon die ganze Zeit Theater. Wenn ich jetzt noch mit Black Sun ankomme, kann ich für nichts garantieren. Im Moment bin ich ganz froh, dass keiner so richtig an ihn denkt. Mein Vater ist so wütend auf Laura, dass er Black Sun vielleicht verkauft, wenn die Rede auf ihn kommt.«
Tom stößt einen leisen Pfiff aus. Er scheint sich gerade vorzustellen, was bei Lea zu Hause abgeht.
»Na, das klingt nicht gerade nach Familienidylle. Aber trotzdem, wenn ich du wäre, würde ich Laura fragen, sobald sich die Lage bei euch wieder einigermaßen beruhigt hat. Es wäre doch zu schade, wenn ihr nur wegen deiner Schwester dieses Jahr nicht beim Goldenen Band starten könnt, so gut wie ihr die letzten Wochen gewesen seid.«
Lea lächelt ihn dankbar an. »Vielleicht hast du recht. Am besten, ich warte einfach den passenden Zeitpunkt ab.«
Ehrlich gesagt, kann sie sich im Moment nicht vorstellen, dass

es einen solchen Zeitpunkt je geben wird. Aber sie möchte nicht völlig abblocken und unfreundlich wirken. Sie freut sich viel zu sehr, dass zwischen ihr und Tom wieder alles beim Alten ist. Und dass sie so ungezwungen reden können. Für die schüchterne Lea ist das schließlich nicht selbstverständlich.
Als sie die kleine Runde um die Anlage geritten sind, hält Tom Robinson an. »Wie sieht's aus? Bist du gleich noch da?«
»Klar, ich muss ja noch Black Sun machen.«
»Okay, dann bis später.«
Tom reitet mit Robinson in Richtung Springplatz, wo Kathrin schon ein paar Sprünge für ihn aufgebaut hat. Tom hat Lea erzählt, dass er dieses Jahr mit Robinson einige A-Springen gehen und am Ende der Saison vielleicht sogar im L starten möchte. Ganz ohne Ehrgeiz ist er nicht.
Lea reitet mit White Star zum Stallgebäude und steigt ab.
»Na hallo, du siehst ja gut gelaunt aus.«
Conny kommt gerade mit ihrem Filou aus der Waschbox.
»Gibt es etwas, was ich nicht weiß? Ich meine, haben wir etwa einen Ersatz gefunden?« Sie guckt Lea hoffnungsvoll an. »Oder ist deine Schwester doch wieder einigermaßen zu Verstand gekommen und stellt Sina Black Sun zur Verfügung?«
Bevor Lea eine Antwort geben kann, guckt Conny an Lea vorbei Richtung Springplatz. Dort hat Tom gerade mit der Lösungsarbeit begonnen.
»Ach so, falsch gedacht. Daher weht also der Wind. Du hast dich einfach wieder hemmungslos bewundern lassen. Na ja, das soll ja auch ganz gut für die Seele sein. Streichel, streichel.«
Lea lacht. »Jetzt sei nicht so sarkastisch. Und wenn du es ge-

nau wissen willst, nein, meine Schwester ist noch nicht wieder zu Verstand gekommen. Aber ehrlich gesagt, habe ich sie auch noch gar nicht gefragt. Bei uns zu Hause ist nämlich im Moment echt der Teufel los.«

»Tatsächlich? Schieß los! Ein paar Skandalgeschichten sind genau das, was mich wieder auf Vordermann bringen könnte. Los, los!«

Lea erzählt Conny von dem Disziplinarausschuss und davon, wie Laura und ihr Vater sich die letzten Tage auf dem Weg zur Schule im Auto die ganze Zeit in voller Lautstärke angeschrien haben.

»Du Arme«, sagt Conny teilnahmsvoll. »So was hat ja gerade noch gefehlt! Als ob wir nicht auch ohne Lauras Rumgezicke schon genug Probleme hätten.«

Lea führt White Star nachdenklich in den Stall. Von ihrer Misere mit dem geplatzten Turnier hat zu Hause noch kein Mensch etwas mitbekommen. Wie denn aber auch, schließlich hat sie ihren Eltern und Laura noch immer nicht erzählt, dass die Mannschaft wahrscheinlich nicht beim Goldenen Band startet. Doch warum hätte sie es ihnen auch erzählen sollen? Und wann? Es hätte sowieso niemand die Zeit und den Nerv gehabt, ihr zuzuhören. Wahrscheinlich haben ihre Eltern ohnehin völlig vergessen, dass sie tagein, tagaus für den Wettbewerb trainiert. Sie würden sicher gar nicht begreifen, was für ein Drama es für Lea und ihre Freundinnen ist, dass jetzt vermutlich alles ganz umsonst war.

Und dabei gäbe es so eine einfache Lösung!

Wenn Laura jetzt Black Sun zur Verfügung stellen würde, hätte Sina noch genug Zeit, den Wallach wieder richtig fit zu machen. Er wäre bestimmt bald wieder in Topform. Schließ-

lich hat er so ein Potenzial! Aber nein, Black Sun steht einfach tödlich gelangweilt in der Box rum und Sina hat kein Pferd, mit dem sie für die Mannschaft starten kann.
Vielleicht hat Tom ja doch recht und Lea sollte Laura die Situation schildern und um Hilfe bitten. Mehr als Nein sagen kann ihre Schwester schließlich nicht. Ihre Eltern bräuchten gar nichts davon mitzubekommen. Die Zwillinge könnten das unter sich regeln. So wie früher.
Früher ...
Ob Laura Black Sun wirklich lieber verkaufen würde, als jemanden am Stall auf ihm reiten zu lassen? So verrückt kann doch keiner sein. Oder doch?
Nein, Lea will es lieber doch nicht darauf ankommen lassen. Sie wird Laura nicht fragen. Denn wer weiß, wie Laura am Ende reagieren würde.
»Ach, White Star«, seufzt Lea und schlingt die Arme um den warmen Hals des Schimmels. »Menschen können manchmal so schrecklich kompliziert sein. Wenn mich doch nur alle so gut verstehen würden wie du. Und ich die anderen so wie dich.«
Sie macht sich von dem Wallach los und tritt einen Schritt zurück.
»Manchmal glaube ich tatsächlich, du verstehst jedes Wort, das ich sage.«
White Star schnaubt leise und pustet ihr mit seinen großen weichen Nüstern mitten ins Gesicht.
Lea knufft ihn ein bisschen.
Es könnte alles noch viel schlimmer sein, denkt sie. Ohne ihren Wallach zum Beispiel.

8. Kapitel

Wow, hier geht ja heute richtig die Post ab.«
Tom schiebt Lea durch die Menschenmenge hindurch an einen kleinen Ecktisch. Das Pärchen, das dort gesessen hat, macht sich gerade zum Gehen fertig.
»Puh, Glück gehabt.« Er wirft sich auf einen Stuhl und setzt sich so, dass er das Café voll im Blick hat. »Samstags ist hier immer die Hölle los.«
»Stimmt«, sagt Lea und versucht, dabei ganz cool zu klingen. Tom muss ja nicht wissen, dass sie bislang noch kein einziges Mal in ihrem Leben im Flip Flop gewesen ist. Es hat sich irgendwie nicht ergeben. Dabei ist das Café unter den Jugendlichen in der Stadt ein beliebter Treffpunkt und sie weiß, dass Laura oft mit Alexander hier verabredet ist.
Vorsichtig guckt sie sich um. Gott sei Dank ist von den beiden nichts zu sehen.
»Was möchtest du trinken?«, fragt Tom, als die Bedienung sich ihnen nähert.
»Äh, eine Cola vielleicht?« Das hätte sie nun wirklich bestimmter sagen können. Cool halt. Aber Lea ist nicht cool. Eigentlich weiß sie das auch.
»Eine Cola und einen Erdbeershake«, sagt Tom. Als die junge Frau alles aufgeschrieben hat und gegangen ist, rutscht Tom näher mit dem Stuhl an den Tisch heran.
»Ich bin ja so froh, dass du dich doch noch mal mit mir verabredet hast«, sagt er.
»Wie, was, warum sollte ich mich nicht mit dir verabreden?« Lea guckt Tom erstaunt an. »Was meinst du denn damit?«

»Na ja, ich hatte ziemliche Angst, dass ich dir beim letzten Mal zu langweilig gewesen bin. Unspannend eben.«
»Echt?« Lea lacht. »Also, um ehrlich zu sein, das Gleiche habe ich auch befürchtet. Dass ich dir zu langweilig war.«
»Du?« Tom durchbohrt sie förmlich mit seinen blauen Augen. »Wie kommst du denn auf so einen Unsinn?«
»Äh, also . . . Na ja, du wolltest plötzlich so schnell nach Hause und da dachte ich . . .«
». . . dass ich mich gelangweilt habe?«, vollendet Tom den Satz. »Na, das nenne ich ein Missverständnis. Natürlich hast du mich nicht gelangweilt. Es war nur . . .« Er hält einen Moment lang inne und denkt nach. »Ach, vergiss es einfach. Ich war nur müde, mehr nicht.« Er nimmt Leas Hand in seine. »Du musst mir eins versprechen.«
Lea ist plötzlich entsetzlich nervös. »Was denn?«
»Dass du nie mehr so einen Blödsinn denkst. Ich finde dich nämlich nicht langweilig. Ganz im Gegenteil. Kannst du das versprechen?«
»Klar«, sagt Lea erleichtert und wird ein bisschen rot. »Wenn du dir da ganz sicher bist . . .«
Lea fällt innerlich ein riesiger Stein vom Herzen. Sie hat sich alles nur eingebildet! Sie fragt sich jetzt selber, wie sie auf so einen dämlichen Gedanken gekommen ist. Der ganze Stress mit Laura scheint langsam auch bei ihr Spuren zu hinterlassen.
»Wie läuft es denn mit deiner Schwester?«, fragt Tom, als ob er Gedanken lesen könnte. »Hast du sie inzwischen gefragt, ob sie euch Black Sun leiht?«
Leas Gesicht verdüstert sich.
»Nein, noch nicht. Sie hat im Moment voll den Ärger in der

Schule und ich finde einfach nicht die richtige Gelegenheit, in Ruhe mit ihr zu reden. Ehrlich gesagt, bin ich mir sowieso sicher, dass sie es nicht erlauben wird. Laura kann sehr stur sein. Manchmal hat sie einen Kopf aus Beton.«

»Wenn man dich so reden hört, könnte man glauben, dass ihr überhaupt nichts gemeinsam habt«, sagt Tom. »Dabei seid ihr doch Zwillinge.«

»Hm-m, ja, ich weiß. Früher war das auch ganz anders. Da waren wir unzertrennlich und man hat uns kaum auseinanderhalten können. Aber das kommt mir mittlerweile vor, als sei es eine Ewigkeit her. Dabei ist es noch nicht mal ein Jahr her, dass wir zusammen in der Mannschaft gestartet sind und auch sonst fast alles zusammen gemacht haben.«

»Ich finde, es hat auch etwas Gutes, dass ihr nicht mehr ständig zusammenhängt«, sagt Tom etwas verlegen. »Sonst hättest du ja gar keine Zeit, etwas mit mir zu unternehmen. Und das fände ich sehr schade.«

Lea lacht unsicher und weicht seinem Blick aus. Komplimente machen sie unsicher. Was soll sie nur darauf antworten? Doch es bleibt ihr keine Zeit zu überlegen, denn plötzlich spürt sie, wie ihr von hinten jemand die Hand auf die Schulter legt.

»Ich fasse es nicht. Was machst denn du hier?«

Lea dreht sich um.

Laura!

»Was, äh, soll ich, äh, hier schon machen?« Lea stottert. Sie spürt, wie sie rot wird.

»Ach, guck mal einer an. Das Schwesterchen.« Ein dunkelhaariger junger Mann schiebt sich an Laura vorbei und mustert Lea spöttisch. »Heute mal nicht in Reitsachen?«

Laura kichert. Dann wandert ihr Blick zu Tom.
»Möchtest du uns deinem Begleiter nicht vorstellen, Lea?«
»Äh, ja, also das ist Tom und das sind Laura und ihr, äh, Freund. Alexander.«
Tom nickt und lächelt die beiden höflich an.
»Freut mich, euch kennenzulernen.« Wie er das sagt, klingt es cool.
Alexander nickt ihm kurz zu. Dann nimmt er Laura am Arm und will sie weiterziehen. »Dahinten sind Philipp und Gina, komm, lass uns zu denen gehen.«
Doch Laura schüttelt den Kopf. »Die können ruhig mal eine Weile warten. Warum bleiben wir nicht einfach einen Moment hier?« Sie guckt Lea und Tom an. »Es macht euch doch sicher nichts aus, wenn wir uns ein paar Minuten zu euch setzen, oder?« Sie lächelt. Oder grinst sie?
Lea bleibt fast die Luft weg, so überrascht ist sie. Doch bevor sie etwas sagen kann, antwortet Tom.
»Natürlich nicht. Setzt euch. Macht es euch gemütlich. Habt ihr schon bestellt?« Er lächelt Laura an und rückt mit seinem Stuhl zur Seite, damit sie sich neben ihn setzen kann. Alexander verdreht die Augen und setzt sich neben Lea. Ganz offensichtlich hat er keine große Lust auf einen Plausch mit ihr und Tom, aber Laura achtet gar nicht auf ihn. Innerhalb weniger Minuten hat sie Tom in ein lebhaftes Gespräch verwickelt und fragt ihn nach allen Regeln der Kunst aus.
»Du kommst also aus Hamburg? Und warum seid ihr dann hierhergezogen?«
Lea glaubt ihren Ohren nicht zu trauen. Woher nimmt Laura nur den Mut, Tom das alles zu fragen? Sie hat ihn doch gerade erst kennengelernt! Ob Tom genervt ist? Sich ausge-

quetscht fühlt? Aber er lächelt nur und antwortet bereitwillig auf ihre Fragen.

»Die Firma meines Pas ist nach München gegangen, und entweder hieß es, sich in Hamburg einen neuen Job zu suchen oder mit der Firma nach Bayern zu gehen.«

»Was macht dein Pa denn?« Laura rückt noch ein Stück näher an Tom heran, damit sie ihn in dem Stimmengewirr besser verstehen kann.

»Er ist Controller.«

»Controller?« Laura runzelt interessiert die Stirn. »Was ist das denn?«

»Das hat was mit Zahlen zu tun«, sagt Alexander hörbar gelangweilt. »Davon verstehst du sowieso nichts, Laura.«

Lea guckt ihn wütend an. Was für ein Blödmann! Wie kann er nur so herablassend zu ihrer Schwester sein? Doch die scheint davon gar nichts mitbekommen zu haben. Oder ist sie solche Töne schon gewohnt?

»Und findest du es nicht schrecklich langweilig hier draußen? Pfaffenhofen ist ja nicht gerade der Nabel der Welt. Warum seid ihr nicht direkt nach München gezogen?«

»Och, ich wohne eigentlich ganz gerne auf dem Land«, sagt Tom. »In Hamburg haben wir auch außerhalb gewohnt. Wenn man mitten in der Großstadt wohnt, ist es auch immer so weit bis zum Stall.«

»Zum Stall?« Laura reißt die Augen auf, ernsthaft überrascht.

»Du reitest? Doch nicht etwa auf Freudenberg?«

»Na klar. Fast jeden Tag. Ich kenne auch dein Pferd. Nur dich habe ich bislang noch nie am Stall gesehen. Wir müssen wohl immer zu unterschiedlichen Zeiten kommen.«

Laura lacht etwas gekünstelt. »Also, wenn ich ehrlich bin, komme ich gerade nicht so oft zum Stall.« Sie deutet auf Lea. »Meine Schwester kümmert sich im Moment um Black Sun.«

»Und du? Hast du keine Lust mehr auf dein Pferd?«

»Lust schon«, sagt Laura gedehnt und wirft einen Blick auf Alexander, der mit finsterem Gesicht neben ihr hockt und mit den Fingern auf die Tischplatte trommelt, damit auch jeder merkt, dass er am liebsten aufspringen würde. »Aber ich habe gerade gar keine Zeit.«

Sie wirft den Kopf in den Nacken und lacht. Etwas verkrampft, wie Lea findet. Laura ist also auch nicht immer cool. Obwohl sie es gerade jetzt bestimmt sehr gerne wäre.

»Na ja, man wird eben älter, verstehst du? Da hat man einfach andere Sachen im Kopf.« Sie wirft einen Blick auf Alexander, der sich gelangweilt das dunkle Haar aus der Stirn streicht.

»Nicht wahr, Alex?«

»Hä? Was hast du gesagt?« Alexander guckt sie mit großen Augen an. Lea kann es nicht fassen. Er hat überhaupt nicht zugehört. Man könnte fast glauben, es ist ihm egal, was Laura macht. Ganz im Gegenteil zu Tom, wie Lea bemerkt. Der hängt Laura nämlich die ganze Zeit an den Lippen. Muss er Laura denn so anstarren? Man könnte fast glauben, er hätte noch nie zuvor ein Mädchen gesehen. Oder zumindest keins wie Laura.

Lea betrachtet ihre Schwester. Sie kann sich gar nicht mehr vorstellen, dass sie und ihre Schwester sich einmal zum Verwechseln ähnlich gesehen haben. Heute muss man schon genau hinsehen, um eine Ähnlichkeit festzustellen. Lea guckt in den großen Spiegel, der hinter Tom an der Wand hängt. Mit ihrem braven Pferdeschwanz und der Jeans sieht sie selbst ziemlich unauffällig aus. Ganz im Gegensatz zu Laura. Das wellige Haar, das Laura zu Hause mit dem Lockenstab bearbeitet hat, fällt ihr wie eine Löwenmähne über die Schultern. Dazu trägt sie ein pinkfarbenes Top, einen weißen Mini und die Sandalen, über die ihre Mutter sich kürzlich aufgeregt hat. Laura sieht aus, als wäre sie gerade einem dieser dämlichen Modemagazine entsprungen, die jetzt überall in ihrem Zimmer herumliegen.

Ob Tom das gefällt? Bislang hat Lea immer gedacht, dass er keinen Wert auf Styling und freakige Klamotten legt.

Irgendwie ist sie enttäuscht.

Vielleicht ist sie auch ein bisschen wütend.

Wenn Tom doch nur endlich einmal den Blick von Laura nehmen würde!

Lea rutscht unruhig auf ihrem Stuhl hin und her und nippt nervös an ihrer Cola. Na toll. Nicht nur, dass Laura bei ihnen zu Hause für jede Menge Aufregung sorgt, nein, jetzt verdirbt sie ihr auch noch diesen Abend, auf den Lea sich so gefreut hat.

»Sag mal, Laura, möchtest du eigentlich noch lange hier sitzen bleiben und über Pferde quatschen?«, fragt Alexander irgendwann ungehalten.

Eigentlich kann Lea ihn ja nicht ausstehen, aber gerade im Moment erscheint er ihr fast sympathisch. Soll er ihre Schwester doch vom Stuhl zerren! Hätte er es nur schon früher getan!

Laura dreht sich zu Alexander um und guckt ihn an, als hätte sie vergessen, dass er da ist.

»Was? Nein, ist o. k. Lass uns jetzt zu Gina und Philipp gehen.«
Sie steht auf und lächelt Tom entschuldigend an. »War nett, dich kennengelernt zu haben, Tom.«
»Finde ich auch«, sagt Tom und lächelt Laura an. »Vielleicht sieht man sich ja mal wieder.«
Lea zuckt zusammen.
Meint er das etwa ernst?
»Wer weiß?«, sagt Laura und zwinkert ihm vielsagend zu. Dann lässt sie sich von Alexander zu dem Tisch an der anderen Seite des Cafés schieben, wo schon Gina und ihr Freund auf sie warten.
»Das war also deine Schwester«, sagt Tom und sieht Lea an. »Jetzt habe ich sie endlich auch mal kennengelernt.«
»Kennengelernt. Das kann man wohl sagen«, murmelt Lea.
»Was?«
»Äh. Nichts.« Lea zwingt sich ein Lächeln ab und greift zur Karte. »Ich habe ganz schön Durst. Mal sehen, was es hier noch alles gibt.«
Tom soll bloß nicht merken, dass sie eifersüchtig ist. Mit starrer Miene studiert Lea die Karte und bestellt schließlich eine Tasse heißen Kakao. Als Durstlöscher vielleicht nicht gerade die beste Wahl, aber genau das Richtige, um ihre angegriffenen Nerven zu beruhigen. Schokolade in jeder Form hat immer eine enorm beruhigende Wirkung auf sie.
»Sag mal, ist alles okay mit dir?« Tom guckt sie prüfend an.
»Na klar. Was soll denn sein?«, antwortet Lea unfreiwillig spitz.
»Keine Ahnung. Irgendwie machst du den Eindruck, als wäre dir gerade eine Laus über die Leber gelaufen.«

Lea guckt in den großen Spiegel. Gut gelaunt sieht sie wirklich nicht gerade aus. Irgendwo hat sie mal gehört, dass ein muffeliger Gesichtsausdruck sehr unattraktiv auf Männer wirkt. Sie holt tief Luft und versucht, lässig und entspannt auszusehen. Sie atmet tief aus. »So, jetzt hast du meine Schwester also kennengelernt«, sagt sie betont fröhlich. »Und wie findest du sie?«
Oh Gott. Was für eine dämliche Frage! Noch im selben Moment würde sie sich am liebsten auf die Zunge beißen. Aber zu spät.
Tom guckt sie erstaunt an. »Wie ich sie finde? Na ja, wenn du mich so fragst, sie ist doch eigentlich ganz nett. Ihren Typen fand ich allerdings ziemlich unangenehm. Der ist ganz schön arrogant, oder?«
»Hm-m. Dafür ist er in der ganzen Stadt bekannt«, sagt Lea und kichert etwas verkrampft. »Bei den Mädchen kommt er aber dafür umso besser an. Offensichtlich stehen viele Mädels auf seine Masche.«
»Schade eigentlich.« Tom wirft einen Blick quer durch den Raum zu Laura, die sich mit Alex an einem der Tische niedergelassen hat. »Ich bin mir sicher, dass Laura viel weniger Ärger machen würde, wenn sie diesen Typen nicht am Hals hätte. Sie sollte sehen, dass sie ihn schnell wieder loswird. Sie hätte echt was Besseres verdient.«
Lea schluckt und greift wie automatisch nach ihrem Rucksack, der neben ihrem Stuhl steht. Das war es. Ende, aus. Ihr ist der Abend gründlich verdorben. Sie möchte nur noch nach Hause und ins Bett.
»Hey, was ist denn jetzt los?«, fragt Tom ehrlich erschrocken. »Willst du etwa schon gehen? Der Abend hat doch ge-

rade erst angefangen. Du hast noch nicht mal deine heiße Schokolade getrunken«

»Tut mir leid«, sagt Lea heiser. »Aber ich habe plötzlich schreckliche Kopfschmerzen.« Sie wirft fünf Euro auf den Tisch und springt hastig auf. Beinahe wäre der Stuhl umgekippt. »Ich fahre nach Hause.«

Ihre Knie zittern.

Bloß raus hier!

9. Kapitel

Als Lea zu Hause die Tür aufschließt, dringen laute Stimmen aus der Küche.
»Woher hätte ich denn wissen sollen, dass du ihr Hausarrest gegeben hast? Du musst mir schon Bescheid sagen, wenn du solche Entscheidungen triffst.«
»Meine Güte, ich kann doch nichts dafür, dass ich den ganzen Tag Termine hatte. Du hättest ja vielleicht auch von selbst auf die Idee kommen können, dass sie nicht um die Häuser ziehen darf, wenn sie in der Schule solche Probleme macht. Mein Gott!«
Lea zieht die Schuhe aus und schleicht durch den Flur. Ihre Eltern streiten sich wieder einmal wegen Laura. Sie könnte jetzt natürlich zu ihnen gehen und sagen, wo sie steckt. Verdient hätte das kleine Biest es ja. Tom einfach so den Kopf zu verdrehen! Aber sie wird einen Teufel tun und sich hier einmischen. Das sollen ihre Eltern ruhig unter sich ausmachen. Sie hat ohnehin die Nase voll von den ewigen Streitereien wegen Laura. Vielleicht sollte sie in der Schule auch nicht mehr aufpassen und freche Antworten geben. Könnte ja sein, dass ihre Eltern sich dann endlich mal wieder für sie interessieren. Ihr ein bisschen mehr Aufmerksamkeit schenken. Egal welcher Art.
Sie ist gerade auf Höhe der Küchentür, als sie ihren Vater fragen hört: »Sag mal, was ist eigentlich mit dem Pferd? Ich höre überhaupt nichts mehr davon. Das Mädchen geht doch gar nicht mehr reiten, oder?«
Lea bleibt stehen und geht einen Schritt näher an die Tür heran. Leise. Beinahe schleicht sie.

»Soweit ich weiß, kümmert sich Lea um Black Sun«, seufzt Mareike. »Mehr kann ich dir auch nicht sagen.«

»Das stelle man sich einmal vor. Da zahle ich jeden Monat einen Haufen Geld für dieses Tier und sie interessiert sich nicht mal dafür. Lässt es einfach stehen. In der Box gammeln. Ich sollte das Vieh einfach verkaufen.«

»Wir«, sagt Mareike.

»Wir?«

»*Wir* zahlen jeden Monat einen Haufen Geld für dieses Tier. *Wir* sollten es einfach verkaufen. Wenn ich dich daran erinnern darf: Es ist *unsere* Agentur. Wir sind zwei. Vergessen? Wir arbeiten beide den ganzen Tag für unser Geld.«

»Jaja, natürlich. Vielleicht ist das aber überhaupt der Fehler gewesen. Wir haben beide immer so viel um die Ohren. Vielleicht hätte man sich mehr um das Mädchen kümmern müssen. Sie scheint mehr Aufmerksamkeit zu brauchen, als sie bekommen hat.«

»Was soll das denn heißen?« Mareikes Stimme wird plötzlich ganz schrill. Sie erreicht einen Kamm und kippt dann. »Du willst mir doch wohl nicht plötzlich vorwerfen, dass ich berufstätig bin und nicht wie ein braves Hausmütterchen Heim und Herd gehütet habe? Willst du etwa behaupten, es sei meine Schuld, dass Laura sich momentan so unmöglich benimmt? Ist es etwa das?«

»Nein, natürlich nicht«, sagt Georg beschwichtigend. Aber Lea findet, dass es nicht besonders überzeugend klingt. Und ihre Mutter scheint das genauso zu empfinden.

»So ist das also.« Mareike spricht jetzt sehr beherrscht. »Ich bin schuld, dass Laura Probleme macht, weil ich immer ge-

arbeitet habe. Da machst du es dir aber verdammt einfach, mein Lieber. *Verdammt* einfach!« Das klingt drohend.
Lea hört Schritte näher kommen. Doch es ist zu spät, um zu flüchten. Mareike reißt bereits die Tür auf und rennt fast in sie hinein. Sie wirft erschrocken die Arme hoch und erstarrt dann in der Bewegung.
»Lea! Was machst du denn hier?«, entfährt es ihr schließlich. »Hast du etwa gelauscht?« Mareike guckt sie vorwurfsvoll an. Dann dreht sie sich langsam zu ihrem Mann um und herrscht ihn an: »Dann frag doch Lea mal, was sie davon hält. Ob sie lieber eine Hausfrau zur Mutter hätte, die den ganzen Tag zu Hause sitzt und wartet, dass die Kinder von der Schule kommen. Hättest du das vielleicht lieber, Lea? Jetzt sag schon!«
Lea starrt ihre Mutter fassungslos an.
»Mareike, bitte, beruhige dich doch. Und halte vor allem Lea da raus. Sie hat mit alledem nichts zu tun.«
Mareike holt tief Luft, öffnet den Mund und schließt ihn dann wieder. Dann geht sie mit gesenkten Schultern die Treppe hoch ins Schlafzimmer. Wortlos. Als sie die Tür hinter sich geschlossen hat, dreht Georg sich zu Lea um.
»Alles gar nicht so einfach im Moment, was?«
Lea beißt sich auf die Lippe und nickt.
»Komm, setz dich einen Moment lang zu mir.« Ihr Vater macht eine einladende Geste, die irgendwie hilflos wirkt.
Am liebsten würde Lea es ihrer Mutter jetzt gleichtun und in ihr Zimmer gehen. Aber ihr Vater sieht so verloren aus, dass sie ihm die Bitte einfach nicht abschlagen kann. Außerdem muss sie mit ihm über Black Sun reden und vielleicht ist dies ja genau der richtige Moment dazu.

»Möchtest du einen Schluck Orangensaft?«
Ohne die Antwort abzuwarten, gießt Georg Lea ein Glas ein und stellt es vor ihr auf den Tisch. Lea kommt es vor, als sollte der Saft sie hier festhalten.
»Du, Papa?« Sie ist fest entschlossen, diese Gelegenheit zu nutzen.
»Ja?«
»Wir müssen über Black Sun reden.«
»Black Sun?«
»Lauras Pferd«, sagt Lea fassungslos. Es ist unglaublich. Ihre Eltern interessieren sich so wenig für die Reiterei, dass ihr Vater schon den Namen des Wallachs vergessen hat. Dabei hat er eben noch über ihn geschimpft.
»Ach so. Ja, was gibt es da zu bereden?«
»Ihr dürft ihn nicht verkaufen, Papa. Bitte.«
»Ach?« Die Augenbrauen ihres Vaters fahren steil in die Höhe. »Und warum denn nicht, wenn ich fragen darf? Wenn ich richtig verstanden habe, kümmert Laura sich doch ohnehin nicht mehr um ihn. Lässt ihn einfach stehen. Macht was anderes.« Der letzte Satz klingt resigniert.
»Aber da kann doch Black Sun nichts dazu!«, ruft Lea heftig. »Außerdem ist es bestimmt nur eine Phase. Ich meine, bei Laura. Sie wird ganz sicher bald wieder reiten. Sie ist so gern geritten. Und so gut! Und stell dir vor, Black Sun ist weg, wenn sie plötzlich wieder reiten möchte.«
»Na, das wäre doch mal eine schöne Lehre für sie«, sagt ihr Vater spöttisch. »Dann wüsste sie wenigstens, dass man sich um sein Eigentum kümmern muss und es nicht einfach sich selbst überlassen kann. Gar keine schlechte Lektion, wenn ich so darüber nachdenke . . .«

Lea seufzt. Wirklich, sie liebt ihre Eltern sehr, trotz der ewigen Streitereien in letzter Zeit. Aber sie findet es einfach schrecklich, dass weder ihr Vater noch ihre Mutter einen Draht zu Tieren haben. Als ob man ein geliebtes Pferd einfach so verkaufen könnte, noch dazu als Erziehungsmaßnahme.
»Black Sun ist doch kein Ding, Papa«, sagt sie, jetzt mit viel sanfterer Stimme. »Stell dir vor, du verkaufst ihn, an einen Händler womöglich, und er kommt an einen schlechten Platz. Das hat er einfach nicht verdient.«
»Er hat auch nicht verdient, dass Laura sich nicht um ihn kümmert. Und ich glaube nicht, dass du ausreichend Zeit für zwei Pferde hast. Oder?« Georg zieht die Augenbrauen zusammen. Gewitterwolken über seiner Nasenwurzel. »Nicht, dass du auch noch anfängst, Probleme in der Schule zu machen. Hörst du?«
»Nein, nein. Versprochen. Aber du darfst ihn nicht verkaufen. Bitte, Papa. Bitte«, fleht Lea.
»Dann sag mir, was ich sonst mit dem Tier machen soll. Ich bin für jeden Rat dankbar.«
Leas Herz macht einen Riesensatz. Soll sie? Das wäre die Gelegenheit!
Das wäre . . .

»Du hast was? Wi-wa-was? Das glaube ich nicht!«
»Ach komm schon, Lea. Die Lage ist viel zu ernst, als dass man Witze darüber machten könnte.«
»Echt? Ich soll wirklich? Hoffentlich schaffe ich das auch.«
»Ach komm schon, Lea. Jetzt erzähl.«
»Halt, halt!«, ruft Lea. »Ihr lasst mich ja überhaupt nicht zu Wort kommen.«

Conny, Paula und Sina schweigen und gucken Lea erwartungsvoll an. Sie erzählt ihnen die Neuigkeit. Gestern Abend hat sie ihren Vater tatsächlich überreden können, ihnen Black Sun für das Goldene Band zur Verfügung zu stellen. Als Lea ihm gesagt hat, dass es eine schlimme Strafe für Laura wäre, jemand anderes ihr Pferd reiten zu lassen, eine schlimmere, als Black Sun zu verkaufen, hat er gleich angebissen. Es war, als hätte sie die Angel in einen Teich gehalten, der vor Fischen nur so überquillt.
Eigentlich hat sie ein ziemlich schlechtes Gewissen, dass sie hinter Lauras Rücken gehandelt hat. Aber sonst wäre Black Sun nachher doch noch verkauft worden. Und außerdem war ihre Schwester auch nicht gerade nett zu ihr gewesen. Ihr einfach die Verabredung gestern Abend zu versauen und Tom einzulullen!
Tom . . .
Trotz der Freude darüber, dass sie nun doch beim Goldenen Band starten können, spürt Lea jedes Mal einen Stich in der Herzgegend, wenn sie an ihn denkt. Was er wohl gestern noch gemacht hat? Was er nach ihrem plötzlichen Abgang wohl von ihr denkt?
Laura ist so spät nach Hause gekommen, dass Lea von ihrer Schwester nicht mehr erfahren konnte, ob Tom das Café sofort nach ihrem Aufbruch verlassen hat. Außerdem hat es ein solches Geschrei mit ihrem Vater gegeben, dass sie sich ohnehin nicht hätten unterhalten können. Er war fuchsteufelswild, weil Laura trotz Hausarrest einfach ausgegangen und zu allem Überfluss erst mitten in der Nacht nach Hause gekommen war. Lea hat in ihrem Bett gelegen und die Decke über die Ohren gezogen, so laut ist der Streit zwischen

Laura und ihrem Vater gewesen. Dann ist Laura schließlich in ihr Zimmer gerannt und hat die Tür mit einem lauten Knall hinter sich zugeschlagen. So endet mittlerweile fast jedes Zusammentreffen zwischen den beiden.

Heute Morgen ist Mareike mit einem verheulten Gesicht am Küchentisch aufgetaucht. Niemand hat sie darauf angesprochen, Georg und Laura haben einfach nur eisern geschwiegen. Lea hat sich nicht zu fragen getraut, ob Laura schon weiß, dass Sina Black Sun auf den nächsten Turnieren reiten wird. Aber das war auch nicht nötig, denn nach einer Weile hat sich Laura kurz zu ihr rübergebeugt und gezischt:

»Dass du das getan hast, werde ich dir nie verzeihen. Hast du verstanden? Nie.«

Noch bevor Lea etwas darauf antworten konnte, ist Laura aufgestanden und weggegangen. Seitdem tut sie so, als wäre Lea Luft für sie.

Sosehr die anderen aus der Mannschaft sich deshalb auch freuen, Lea ist immer noch nicht wohl bei dem Gedanken, dass sie ihrer Schwester so in den Rücken gefallen ist. Und die Sache mit Tom, die liegt ihr zentnerschwer im Magen. Doch sie möchte sich vor den anderen nichts anmerken lassen und sagt zu Sina:

»Das Beste wäre, du würdest jetzt gleich anfangen, mit Black Sun zu trainieren. Was meinst du?«

»Jetzt sofort?« Sina guckt an sich herunter. »Aber ich habe nicht mal Reitsachen dabei. Ich habe gedacht, ich würde nur Bounty Bay führen und habe mich deshalb nicht umgezogen.«

»Na und? Kümmert das etwa einen großen Geist, Madame?«

Conny legt ihr die Hand auf den Arm.
»Wie dir vielleicht bekannt ist, wohne ich auf dieser Anlage. Ich kann dir also jederzeit Klamotten leihen. Welches Outfit hätten wir denn heute gerne? Das beige-braun karierte Jagdsakko oder vielleicht doch lieber die dunkelbraune Hirschlederhose? Eher elegant? Oder lieber bodenständig? Wollen wir doch mal sehen, was wir für dich so im Schrank haben. Ach ja, ist vielleicht auch eine kleine Farbberatung gefällig? Tragen Sie nie eine rote Reithose, wenn Sie einen Fuchs reiten, Madame!«
Conny schiebt die perplexe Sina vor sich her Richtung Haus. Lea hört sie noch eine ganze Weile quasseln.
Vor der Tür dreht sich Conny dann noch einmal um und ruft den anderen zu: »Wartet hier, ich muss unseren Crack nur schnell neu einkleiden.«

10. Kapitel

Ich weiß echt nicht, ob ich das bringe.«
Sina steht in Connys Reithose und Chaps vor Black Suns Box und betrachtet unsicher den Rappen, der gelangweilt an einem Strohhalm kaut.
»Black Sun ist ein total liebes Pferd, vor dem brauchst du keine Angst zu haben«, beruhigt Lea sie. »Der freut sich bestimmt ein Loch in den Bauch, dass er endlich wieder mal was tun darf.«
»Ich habe keine Angst, dass Black Sun *mir* etwas tut, ich habe Angst, dass ich *ihm* etwas tue, verstehst du? Ich habe noch nie so ein teures Pferd geritten.«
Sina beißt sich nervös auf die Unterlippe. Ihre Hände flattern.
»Was ist, wenn ich was kaputt mache? Laura würde mir das bestimmt nie verzeihen.«
»Jetzt hör aber auf, Black Sun ist doch nicht aus Zucker. Und wegen Laura musst du dir schon gar keine Sorgen machen. Die würde es ja noch nicht einmal mitkriegen, wenn Black Sun etwas fehlt. Ich weiß gar nicht, wann sie das letzte Mal im Stall gewesen ist.«
Lea öffnet die Boxentür und legt Black Sun das Halfter an. Dann reicht sie Sina den Strick.
»Hier, jetzt bist du an der Reihe. Du weißt ja, wo sein Sattelzeug hängt. Ich mache in der Zwischenzeit White Star fertig und dann können wir ja eine Runde um die Anlage reiten. Wie wär's? Dann könnt ihr euch ein bisschen aneinander gewöhnen.«

Sie geht zu White Star, der ihr neugierig seinen Kopf entgegenstreckt, als sie seine Boxentür öffnet.
»Hey, Großer, wir gehen eine Runde raus. Was hältst du davon? Lust?«
White Star schnaubt leise und schüttelt den Kopf.
»Nicht? Ach komm! Das glaube ich dir nicht. Außerdem nehmen wir deinen Kumpel mit. Es ist eine Ewigkeit her, dass du das letzte Mal mit ihm ins Gelände gegangen bist, nicht wahr?«
Lea legt White Star das Halfter an und bindet den Wallach am anderen Ende der Stallgasse an. Sie möchte, dass Sina sich ganz in Ruhe mit Black Sun befassen kann und nicht etwa das Gefühl hat, sie stünde unter Beobachtung. Die Arme ist auch so schon nervös genug.
Lea muss lächeln. Sie mag Sina.
Als die beiden Mädchen fertig sind, führen sie ihre Pferde auf den Hof hinaus und steigen auf. Conny und Paula haben inzwischen auf der Bank unter dem Kastanienbaum auf sie gewartet.
»Mensch, Sina!«, ruft Conny, als ihre Freundin aufgestiegen ist. »Mann, oh Mann! Der steht dir vielleicht gut. Ihr passt echt super zusammen. Und die Reithose harmoniert auch. Ach!« Conny grinst über beide Backen. »Zu einem Rappen passt doch fast alles!«
Sina lächelt etwas verkrampft. Ihre Stirn ist dunkelrot.
»Danke. Ich muss mich allerdings erst noch an ihn gewöhnen. Er ist wirklich etwas ganz anderes als Bounty Bay. Viel schmaler und eleganter. Ein bisschen so, als wäre man von einem Kombi auf einen Porsche gewechselt.«

»Jetzt tust du Bounty Bay aber unrecht«, schimpft Paula. »Sei froh, dass er das nicht gehört hat.«
»Kann er ruhig«, sagt Sina. »Mein Dicker weiß, dass er für mich immer das beste Pferd auf der Welt sein wird.«
»Amen«, sagt Conny. »Das war das Wort zum Sonntag, wir schwenken jetzt das Weihrauchfass. Und ihr reitet jetzt endlich los. Black Sun sieht aus, als könnte er noch jede Menge Training brauchen. Ich habe gar nicht gewusst, dass er sich in der Zwischenzeit einen solchen Grasbauch angefressen hat. Ganz schönes Tönnchen. Das macht letztlich auch der beste Schnitt der Reithose nicht wett!«
»Ja, mir ist das schon länger aufgefallen, Conny«, sagt Lea und steigt auf. »Zum Schluss habe ich echt einen längeren Sattelgurt herauskramen müssen, weil ihm der alte nicht mehr gepasst hat. Aber das hat ja jetzt Gott sei Dank ein Ende. Komm, Sina.«
Die beiden Mädchen gurten noch einmal nach und reiten im Schritt vom Hof.
»Wow, das ist echt ein ganz anderes Gefühl als auf Bounty Bay«, sagt Sina, nachdem sie eine Weile geritten sind. »Der hat ja einen unglaublichen Schritt.«
»Du solltest ihn erst mal im Galopp erleben«, sagt Sina. »Und da wir gerade beim Thema sind, komm, lass uns ein wenig traben.«
Lea geht mit White Star nach vorne. Die Sonne scheint und in der Luft liegt der Duft von frisch gemähtem Gras. Zum ersten Mal an diesem Tag vergisst Lea den Ärger zu Hause und genießt einfach nur den ungefilterten Moment. Es gelingt ihr sogar, einmal nicht an Tom zu denken. Und das will wirklich etwas heißen. Denn obwohl seit gestern Abend ei-

ne ganze Menge passiert ist, gab es keine Minute, in der ihre Gedanken nicht bei Tom waren.
»Ach, White Star«, flüstert sie. »Ohne dich wäre das Leben so schrecklich.«
Sie weiß überhaupt nicht, wie Laura es schafft, ohne Black Sun auszukommen. Auch wenn die Dinge noch so mies laufen und sie sich richtig schlecht fühlt, bei einem Ausritt mit ihrem geliebten Schimmel kommt sie garantiert auf andere Gedanken.

Als der Weg eine scharfe Kurve macht, hebt Lea die Hand und pariert White Star zum Schritt durch. Sie dreht sich zu Sina um.
»Und? Wie war es?«
»Genial!«, ruft Sina und strahlt dabei über das ganze Gesicht. »Einfach nur genial. Black Sun ist echt total cool. Ich kann überhaupt nicht verstehen, dass Laura keine Lust mehr hat, ihn zu reiten. Ist sie eigentlich sehr sauer, dass ich jetzt mit Black Sun trainiere?«
Leas Gesicht verdüstert sich. Musste Sina ihre Schwester ausgerechnet jetzt erwähnen?
»Ach, mach dir wegen Laura keine Sorgen«, sagt sie. »Sie wird mit Sicherheit stinksauer sein. Aber nicht auf dich, sondern auf mich. Schließlich bin ich es ja, die das alles eingefädelt hat. Kümmere dich einfach nicht um sie.« Sie hält inne. »Okay?« Eigentlich stellt sie sich diese Frage selbst: Okay? Lea zuckt mit den Schultern. Sie weiß es nicht.
Die beiden Mädchen reiten eine Weile einfach schweigend nebeneinanderher. Lea betrachtet Sina aus dem Augenwinkel. Sie findet, dass ihre Freundin und Black Sun wirklich

gut zusammenpassen. Sina ist eine außerordentlich begabte Reiterin. Außerdem hat sie eine feine Hand und weiß, wie man mit sensiblen Pferden umgeht. Sie ist genau das, was Black Sun braucht. Der Vollblüter kann es nämlich auf den Tod nicht ausstehen, wenn er hart angefasst wird. Das gehört wohl zu seiner vornehmen Art.

»Dahinten kommt die Galoppstrecke«, sagt Lea nach einer Weile. »Wenn du magst, kannst du nach vorne gehen. Black Sun mag es nämlich nicht, wenn er im Galopp hinten ist.«

Sina schüttelt den Kopf. »Wir bleiben ruhig hinter euch. Ich glaube nicht, dass er mir abgeht.«

»Wie du willst.« Lea nickt anerkennend. Sina hat Ehrgeiz. Vor allem aber verlässt sie sich auf ihr Gefühl.

Lea nimmt die Zügel auf, trabt an und lässt White Star angaloppieren. Der Schimmel schnaubt aufgeregt und macht einen großen Satz nach vorne.

»Ho, White Star.« Lea setzt sich aufrecht in den Sattel und macht die Beine zu. »Langsam. Wir müssen erst mal sehen, was mit Sina und Black Sun ist.«

Sofort hat sie den Wallach wieder unter Kontrolle und galoppiert zügig, aber gleichmäßig über den weichen Waldboden. Ab und zu wirft sie einen Blick über die Schulter nach hinten. Zu Anfang hat Sina mit Black Sun alle Hände voll zu tun, damit er hinter ihnen bleibt, aber dann bemerkt sie, dass der Rappe sich immer mehr entspannt und schließlich ganz fein an den sanften Hilfen seiner Reiterin steht. Lea grinst. Sie hat doch gewusst, dass Sina mit dem Vollblüter klarkommt. Die beiden passen wirklich sehr gut zusammen.

»Uff!«, sagt Sina, als sie endlich wieder zum Trab und dann

zum Schritt durchparieren. »Das Pferd ist echt der Hammer. Ich kann es kaum glauben, dass ich ihn reiten darf.«
»Nicht darfst, sondern musst«, sagt Lea. »Schließlich wollen wir doch beim Goldenen Band starten und dafür brauchen wir dich. Möchtest du schon zurück zum Stall oder wollen wir drüben noch über ein paar Baumstämme springen?«
»Also wenn es Black Sun nicht überfordert, würde ich gerne noch ein bisschen springen.«
Lea betrachtet den Rappen, dessen Fell nass vor Schweiß ist. Kondition hat er wirklich nicht. Es ist wirklich eine Schande, wenn sie sich überlegt, in was für einem Zustand der schöne Wallach sich vor genau einem Jahr befunden hat. Damals, als Laura ihn noch regelmäßig geritten ist. Ein richtiges Kraftpaket war er da. Lange, schöne Muskeln.
»Ich glaube, er ist wirklich schon ein bisschen kaputt. Aber ein, zwei Sprünge kannst du ruhig noch mit ihm machen. Du musst ja ein Gefühl für ihn kriegen.«
Sie reiten im Schritt am langen Zügel zu der Stelle, an der die festen Hindernisse liegen. Lea springt mit White Star ein paarmal über die Baumstämme und guckt dann Sina zu, die mit Black Sun zuerst über einen kleinen und dann über den dicken Baumstamm setzt.
Der Wallach ist voll bei der Sache und wartet stets darauf, was seine Reiterin möchte. Lea hat eigentlich befürchtet, dass er anfangs einfach losstürmen würde, so wie er es immer getan hat, wenn ein neuer Reiter auf ihm saß. Vielleicht verhält er sich jetzt anders, weil er müde ist und nicht mehr rennen möchte. Aber das glaubt Lea eigentlich nicht. Für sie sieht es so aus, als sei Black Sun überglücklich mit seiner neuen Reiterin. Und umgekehrt offensichtlich auch.

»Meine Güte, macht der vielleicht Spaß«, sagt Sina freudestrahlend, als sie fertig ist und zu Lea geritten kommt. »Wenn er springt, hat man das Gefühl zu fliegen. Und er passt ganz genau auf und wartet immer, was man ihm sagt.«
»Bei dir vielleicht«, sagt Lea. »Ich habe Black Sun auch schon viel hitziger erlebt. Ehrlich. Ich glaube, er ist sehr glücklich, dass du dich von jetzt an um ihn kümmerst.«
»Meinst du das wirklich?«
»Ganz ehrlich. Habe ich doch schon gesagt. Ich habe Black Sun schon lange nicht mehr so zufrieden gesehen. Er ist ein sehr sensibles Pferd und braucht jemanden, der sich täglich mit ihm beschäftigt. Und ich schaffe es einfach nicht, sonst müsste ich White Star vernachlässigen. Und das kann ja auch nicht der Sinn der Sache sein.«
»Nee, wohl nicht. Das hätte White Star auch nicht verdient. Er ist so ein treues Pferd. Ich glaube, er würde alles für dich tun, oder?«
Lea denkt einen Moment lang nach. »Keine Ahnung. Vielleicht. Jedenfalls ist er immer da, wenn ich ihn brauche.«
Sie legt sich nach vorne und schlingt die Arme um White Stars warmen Hals. Dann schließt sie die Augen und konzentriert sich auf die Bewegungen des Wallachs.
»Was machst du da?«, fragt Sina neugierig.
Lea setzt sich wieder im Sattel auf.
»Och, weiß nicht. Ist wohl so eine Art Meditation. Beruhigt jedenfalls ungemein. Probier es doch auch mal.«
Sina legt sich an Black Suns Hals und schließt fast schon verträumt die Augen.
»Du hast recht«, sagt sie schließlich. »Sehr beruhigend. Viel-

leicht könnte man das ja gestressten Managern als Therapie anbieten.«

»Oder gestressten Eltern«, sagt Lea. »Vielleicht sollte ich das zu Hause mal vorschlagen.«

»So schlimm?«, fragt Sina mitfühlend.

»Noch schlimmer«, sagt Lea und verzieht das Gesicht. »Aber lassen wir das. Der Ausritt war so schön, dass ich keine Lust habe, schon wieder daran zu denken.«

Schweigend reiten die beiden nach Hause und kommen dabei an dem Parkplatz der Anlage vorbei.

»Guck mal.« Sina hält an und deutet auf einen dunkelgrünen alten Jeep mit Münchner Kennzeichen. »Myles ist da. Das ist sein Wagen.«

»Umso besser«, sagt Lea. »Dann können wir ihm gleich die frohe Nachricht übermitteln und ein Training mit ihm vereinbaren. Was glaubst du, wie der sich freuen wird, dass Black Sun wieder dabei ist.«

Als sie gerade weiterreiten wollen, kommt ein weißer BMW um die Ecke geschossen. Er fährt auf den Parkplatz, hält an und die Beifahrertür öffnet sich bei laufendem Motor.

Leas Herz klopft bis zum Halse. »Hallo, Tom!«

Tom dreht sich um. »Hallo.«

Dann wendet er sich Richtung Stall und geht davon.

»Was ist denn mit dem los?«, fragt Sina erstaunt. »Normalerweise grinst der doch immer von einem Ohr zum anderen, wenn er dich sieht. Habt ihr euch etwa gestritten?«

Lea zuckt mit den Schultern. »Keine Ahnung«, sagt sie schmallippig.

Ihre Gedanken rasen nur so, als sie zurück zum Stall reiten. Was ist mit Tom los? Ob er sauer ist, weil sie gestern Abend so früh nach Hause gefahren ist? Am besten, spricht sie so schnell wie möglich mit ihm darüber. Plötzlich hat sie nichts anderes mehr im Kopf als das.

11. Kapitel

Lea sattelt White Star so schnell, wie sie nur kann, ab und bringt ihn in seine Box. Normalerweise lässt sie den Wallach im Sommer immer noch ein bisschen an der Hand grasen, bevor sie ihn wegstellt. Aber dazu ist jetzt keine Zeit. Sie muss unbedingt wissen, was mit Tom los ist. Sogar ihre Atmung geht schneller als üblich.

Gerade als sie die große Tür von Stall drei öffnen will, kommt Tom ihr mit Robinson entgegen. Ihr Hals fühlt sich an wie zugeschnürt.

»Hallo, Tom«, bringt sie mühsam heraus.

»Hallo, Lea.«

»Hast du ... Training heute?« Das Reden fällt ihr schwer. Ob sich ihre Stimme irgendwie komisch anhört?

»Hm-m.«

Lea ringt nach Worten. Warum ist Tom denn bloß so einsilbig?

»Ähm, ich habe übrigens eine Neuigkeit.«

»Ach ja?« Tom zieht die Augenbrauen hoch und zieht die Steigbügel runter.

Lea versucht es so spannend wie möglich zu machen.

»Da kommst du nie drauf.«

»Wenn du mir sagen möchtest, dass Black Sun jetzt für die Mannschaft startet, ist es keine Neuigkeit für mich«, sagt Tom und schwingt sich auf Robinsons Rücken. »Das wusste ich schon.«

Ohne Lea noch einmal anzusehen, drückt er dem Wallach die Hacken in die Seiten und reitet Richtung Springplatz.

Lea steht mit offenem Mund da und starrt ihm nach.
Das wusste er schon?
Aber woher?
»Sag mal, bist du jetzt zur Salzsäule erstarrt oder was? Also, soooo hübsch ist er nun auch wieder nicht.«
Lea dreht sich um.
Sie klappt ihren Mund zu.
Sie macht ihn wieder auf.
»Ach du bist es, Conny.«
»Ach du bist es, Conny«, äfft Conny sie nach und verdreht dabei die Augen. »Ich weiß, ich weiß, ich bin nicht dieser supernette Typ mit den süßen blonden Locken. Ich bin ja nur deine Freundin. Du könntest trotzdem so tun, als würdest du dich freuen. Auch, wenn du bei mir nicht in Wallung gerätst.«
Lea ringt sich ein kleines Lächeln ab.
»Wallung?«
»Ooooooh!«, stöhnt Conny gespielt und fasst sich theatralisch ans Herz, bevor sie sich blitzschnell wieder in die alte nüchterne und rotzige Conny verwandelt. »Wallung. Kapito?«
Lea nickt. »Hast du Myles schon die frohe Botschaft übermittelt?«, fragt sie dann.
»Was denkst denn du? Das habe ich natürlich als Allererstes getan. Ich süßes kleines Plappermäulchen!«
»Und? Hat er sich gefreut?«
»Also echt, du kannst vielleicht blöde Fragen stellen. Und wie er sich gefreut hat. Als wenn Irland bei der WM ein Tor geschossen hätte. Hey, nehmen diese Iren überhaupt an Weltmeisterschaften teil? Qualifizieren die sich manchmal?

Egal! Jedenfalls ... ich glaube, vor allem freut es Myles, dass Sina doch dabei sein kann.«

Lea versteht, was Conny sagen möchte. Wenn Bounty Bay nicht mehr richtig fit werden sollte, werden Sinas Eltern ihr garantiert kein neues Pferd kaufen, mit dem sie auf Turniere gehen kann. Denn Talent allein ist längst nicht alles im Reitsport. Ohne das nötige Geld geht es einfach nicht. So ungerecht das auch ist. Wie gut also, dass Sina mit so einem tollen Pferd arbeiten darf.

»Wie ist Sina eigentlich mit Black Sun zurechtgekommen?«, fragt Conny.

»Super. Die beiden haben sich auf Anhieb verstanden. Und das ist gar nicht so einfach, du kennst ja Black Sun.«

Conny grinst wissend.

»Oh ja, den kenne ich. Der kann sich ganz schön aufführen, wenn ihm etwas nicht passt. Weißt du noch, wie diese eine Bereiterin, die wir mal hatten, sich auf ihn gesetzt hat, weil sie Laura etwas zeigen wollte?«

Lea lacht.

»Und fast heruntergeflogen wäre, weil sie ihm so feste im Maul rumgezogen hat? Ha!« Connys Augen leuchten wild.

»Genau. Der hat er es ganz schön gezeigt. Mann, war die vielleicht fertig danach! Fix und alle. Wer weiß? Vielleicht reitet die heute schon gar nicht mehr. Ist beim Psychiater. Und der kann den Namen Black Sun schon nicht mehr hören.« Conny kichert, so sehr belustigt sie ihre eigene, gewohnt überdrehte Idee.

Lea holt sie auf den Boden zurück. »Bei Sina war er jetzt lammfromm. Kann sein, dass er noch mal aufdreht, wenn er mehr Kraft hat. Jetzt ist er doch ziemlich außer Form. Aber ich glaube es eigentlich nicht. Sina hat eine ganz feine Hand und reitet ihn genauso, wie er es mag.«

»Also werden wir doch das Goldene Band gewinnen«, triumphiert Conny. »Ich höre schon die Fanfaren!«

»Du meinst, wir haben jetzt die Möglichkeit, uns dafür zu qualifizieren«, korrigiert Lea sie. »Noch ist ja gar nicht sicher, dass wir dort überhaupt starten dürfen.«

»Ach Quatsch, natürlich qualifizieren wir uns. Jetzt sei doch nicht so ein staubiger Bedenkenträger! Herrgott! In drei Wochen ist das entscheidende Turnier und bis dahin muss Sina Black Sun einfach fit haben. Punkt! Aus! Hugh! Wie die Indianer sagen.«

»Hoffen wir es«, seufzt Lea. »Black Sun ist aber wirklich ganz schön außer Form und drei Wochen sind nicht so lang. Aber ich traue ihm zu, dass er es trotzdem schaffen wird. Er ist einfach ein Ausnahmepferd.«

»Was hat denn Laura eigentlich dazu gesagt, dass Black Sun von Sina geritten wird?« Ausnahmsweise geht Conny mal keine wortreichen Umwege, sondern kommt direkt zur Sache.

Lea senkt den Blick.

»Ich befürchte, dass sie tierisch sauer auf mich ist. Jetzt glaubt sie, dass sich nicht nur Mama, Papa und die Lehrer, sondern auch noch ich gegen sie verschworen haben.«

»Ein Geisterfahrer? Tausende!«

»Hä?« Lea versteht Conny nicht.

»Na ja, du kennst doch diesen dämlichen Witz. Vorsicht auf der Autobahn wegen eines Geisterfahrers. Wieso ein Geisterfahrer? Tausende!«

»Sehr lustig«, sagt Lea trocken. »Und warum kommst du da jetzt drauf?«

»Na warum wohl? Lea ist natürlich der Geisterfahrer. Ich will damit sagen, dass sie sich allen gegenüber total unmöglich benimmt und dann auch noch glaubt, dass die anderen den Fehler machen, weil sie sauer auf sie sind.«
Sie macht eine kurze Pause.
»Hallo? Habe ich mich einigermaßen verständlich ausgedrückt? Sind alle Groschen gefallen? Klack, klack, klack. Funktioniert der Automat?«
»Einigermaßen«, sagt Lea. »Jedenfalls glaube ich, verstanden zu haben, was du sagen willst. Lea denkt, alle anderen sind schuld, obwohl es eigentlich an ihr selber liegt.«
»Genau«, sagt Conny erleichtert. »Schön, dass wir mal drüber geredet haben. Ich gehe jetzt besser Filou satteln. Du kannst ja noch ein paar Cents in deine Denkmaschine schmeißen.«
Lea blickt ihrer Freundin einen Moment lang nach und macht sich dann auf in Richtung Springplatz, wo Tom mit Robinson auf dem Hufschlag entlangtrabt. Da ihr im Moment ohnehin nichts Besseres einfällt, kann sie ihm genauso gut beim Training zusehen. Vielleicht ergibt sich danach eine Gelegenheit, mit ihm zu reden.

Tom hat Unterricht bei Simone, der neuen Bereiterin auf Freudenberg. Simone reitet selbst Springen bis zur Klasse S und gilt als sehr gute Reitlehrerin. Lea nimmt auch manchmal Unterricht bei ihr, um ihre Springkenntnisse zu vertiefen. Genauso, wie sie immer die Gelegenheit nutzt, bei dem bekannten Dressurausbilder Martin Haas zu reiten, wenn er auf die Anlage kommt.
Beim Vielseitigkeitsreiten kommt es schließlich darauf an,

dass man gleich in drei Disziplinen Spitzenleistungen bringt. In der Dressur und im Gelände genauso wie im Springen. Lea mag alle drei Disziplinen, die liebste aber ist ihr das Gelände. Es gibt für sie nichts Schöneres, als mit White Star über eine hügelige Geländestrecke zu reiten und über feste Hindernisse zu springen. Nirgendwo sonst ist es so wichtig, dass man wirklich eins ist mit seinem Pferd und sich voll und ganz aufeinander verlassen kann. Sie könnte sich niemals vorstellen, auf dieses einzigartige Gefühl zu verzichten.

»Ah, da haben wir ja einen Parcourshelfer!«, hört Lea da Simone rufen. »Hast du Lust, uns zu helfen, Lea?«

Lea guckt erschrocken hoch. Damit hat sie nicht gerechnet.

»Tom soll heute einen Parcours springen und ich bräuchte jemand, der mir beim Aufbauen hilft. Hast du Zeit und Lust?«

»Na . . . na klar.« Lea bückt sich und kriecht unter der Absperrung hindurch auf den Springplatz. »Was soll ich machen?«

»Du könntest noch vier Ständer holen und sechs von den rot-weißen Stangen, die vorne am Eingang liegen.«

Lea geht los und holt die Ständer. Dabei kommt sie an Tom vorbei, der sie jedoch keines Blickes würdigt.

Langsam wird es Lea zu bunt. Er könnte ja wenigstens Danke sagen, wenn sie schon so nett ist und ihre Zeit hier für ihn opfert. Für einen Augenblick findet sie Tom einfach affig. Mit zusammengebissenen Zähnen schleppt sie zwei Ständer auf einmal in die Bahn und knallt sie in die Mitte des Platzes. Dann zieht sie los und holt die anderen Sachen. Simone baut in der Zwischenzeit die Hindernisse auf. Als sie fertig ist, setzt sie sich auf ein Cavaletti und klatscht in die Hände.

»Okay, dann wollen wir mal loslegen. Stell du dich dahinten an den blau-gelben Oxer, Lea.«

Simone erklärt Tom den Parcours. Als sie fertig ist, nimmt er die Zügel auf und galoppiert aus dem Schritt an. Robinson spitzt aufmerksam die Ohren und galoppiert in einem gesetzten Tempo auf das erste Hindernis, einen Steilsprung, zu. Ohne große Mühe setzt er darüber. Tom verlagert das Gewicht ein bisschen nach rechts und reitet eine große Rechtswendung auf einen ziemlich mächtigen Oxer zu. Tom nimmt Robinson ein bisschen zurück und lässt ihn genau im richtigen Moment abspringen. Mit einem riesigen Satz setzt der Braune über das Hindernis. Weiter geht es auf eine zweifache Kombination zu. Kein Problem für den Wallach, der wirklich ein enormes Sprungvermögen hat. Das nächste Hindernis ist der blau-gelbe Oxer, an dem Lea steht. Fasziniert beobachtet sie, wie Tom vor dem Sprung wieder das Pferd aufnimmt, damit es nicht zu schnell wird und zu flach abspringt. Lea hat Tom schon einige Male reiten sehen, aber ihr ist noch nie aufgefallen, wie gut er wirklich ist.

Wenn die beiden so weitermachen, werden sie im nächsten Jahr bestimmt M gehen, denkt sie und sieht atemlos zu, wie Robinson sich mit der Hinterhand vom Boden abdrückt, ewig lange durch die Luft zu fliegen scheint, dann butterweich auf der anderen Seite des Hindernisses landet und schon wieder auf den nächsten Sprung zugaloppiert. Jetzt noch mal eine zweifache Kombination und dann ein Steilsprung, den man aus einer engen Wendung herausnehmen muss, und das ist auch schon das letzte Hindernis. Tom lässt Robinson noch eine Runde locker galoppieren, dann pariert er zum Schritt durch und reitet am langen Zügel zu einem

der Ständer. Dort hält er an, nimmt den Helm ab und streicht sich durch das verschwitzte blonde Haar.
»Das war wirklich gut heute«, lobt Simone ihn. »Du musst noch ein bisschen mehr am Rhythmus arbeiten, aber sonst war es wirklich gut.«
»Ich werde mir Mühe geben«, grinst Tom und hängt den Helm an den Ständer. Suchend guckt er sich um.
Lea bemerkt seinen Blick. Ob er nach ihr Ausschau hält? Endlich scheint er wieder der Alte zu sein. Fröhlich geht sie zu ihm, es kostet sie plötzlich kein bisschen Überwindung.
»Hey, Mann, ihr wart echt super. Ihr geht nächstes Jahr bestimmt M, wenn ihr so weitermacht.«
»Danke«, sagt Tom knapp. Doch statt sich zu freuen, wendet er Robinson ab und reitet zum Ausgang.
Lea nimmt ihren ganzen Mut zusammen. »Warte doch.«
Tom bleibt stehen und dreht sich zu ihr um.
Lea schluckt. Da ist jetzt ein unglaublich fetter Kloß in ihrem Hals. »Hast du vielleicht Lust, noch eine Cola im Stüberl zu trinken, wenn du Robinson fertig gemacht hast?«
Tom schüttelt den Kopf. »Nee, keine Zeit. Ich bin schon verabredet.«
Er wendet sich von ihr ab und reitet davon.
Zum zweiten Mal an diesem Nachmittag steht Lea wie angewurzelt da und starrt ihm nach. Sie versteht die Welt nicht mehr. Ist Tom wirklich nur sauer, weil sie gestern Abend plötzlich nach Hause gegangen ist? Und wenn ja, was hätte sie denn da sagen sollen, als er beim letzten Mal einfach abgezwitschert ist? Hätte sie da nicht auch allen Grund gehabt, sauer zu sein? Und von was für einer Verabredung hat er da eigentlich gerade geredet?

Als sie in die andere Richtung zum Stüberl gehen will, sieht sie am Ausgang des Reitplatzes jemanden auf Tom zugehen. Das muss sie sein, die Verabredung, von der er gesprochen hat!
Lea kneift die Augen zusammen und versucht, im grellen Sonnenlicht zu erkennen, wer es ist. Sie geht ein paar Schritte näher in die Richtung. Als sie endlich sehen kann, mit wem Tom spricht, stockt ihr der Atem. Mit Tränen in den Augen dreht sie sich auf dem Absatz um und rennt davon. Das hätte sie nie von Tom gedacht! Nie! Wie kann er ihr das nur antun?

12. Kapitel

Mensch, Lea, was ist denn mit dir los?«
Lea stürmt an Conny und Paula vorbei und rennt in den Stall. Dort reißt sie White Stars Boxentür auf und schlingt die Arme um den Hals des verdutzten Schimmels.
Endlich allein!
Endlich kann sie ihren Tränen freien Lauf lassen.
Lea schluchzt so laut und so lang, dass sie schon befürchtet, White Stars Box könnte irgendwann unter Wasser stehen. Die Tränen rinnen nur so ihre Wangen hinab. Aber sie kann und will nicht dagegen an.
Der Wallach steht geduldig da und schnaubt dann und wann ganz leise.
»Ach, White Star«, murmelt Lea mit gedämpfter Stimme in seine seidige Mähne hinein, »das ist der schlimmste Tag in meinem Leben. Ich schwöre es. Der allerschlimmste Tag in meinem Leben.«
Wie kann Tom sich nur ausgerechnet mit Laura verabreden?
Und dann auch noch hier. Am Stall. An Leas Stall!
Lea beißt die Zähne aufeinander, damit sie vor Wut nicht laut losbrüllt, vor weißer, heißer Wut. Etwas Gemeineres hätte ihre Schwester sich wirklich nicht ausdenken können. Gerade jetzt, wo zu Hause alles so stressig ist, ist Freudenberg eine Art Rückzugsgebiet für sie gewesen. Ein Ort, an dem sie einfach ihre Ruhe hatte und sich wohlfühlen konnte. Umso mehr, seit sie sich so gut mit Tom versteht.
Aber jetzt . . .

Was für eine böse Rache. Laura weiß genau, wie sie Lea am besten verletzen kann, sie sind ja nicht umsonst Zwillinge. Aber selber schuld. Warum hat sie ihren Vater auch gedrängt, ihnen White Star für die Mannschaft zu überlassen? Hätte sie das bloß nicht getan! Dann wäre Laura jetzt nicht gegen sie und würde nicht versuchen, Tom den Kopf zu verdrehen.
Denn da ist sich Lea völlig sicher: Laura hat sich nur mit Tom verabredet, um sich an Lea zu rächen. Sonst hätte sie einen anderen Treffpunkt ausgemacht, als ausgerechnet hier, wo Lea sie sehen würde. Sie muss ihn direkt heute Morgen angerufen haben.
Dass sie gleich zu solchen Mitteln greifen würde . . .
Ihr den Freund wegschnappen!
Wieder spürt Lea, wie ihr die Tränen in die Augen treten. Moment, Tom ist ja gar nicht ihr Freund, sagt sie sich dann. Nie gewesen. Und wie es aussieht, wird er es auch niemals sein. Denn selbst wenn er merken sollte, dass Laura nur mit ihm spielt – Lea will nie wieder etwas mit ihm zu tun haben. Nie wieder! Der nächste Schluchzer erschüttert sie. Er kommt von ganz tief unten.
»Lea?«
Lea dreht sich langsam um. »Oh, hallo, Paula.« Lea wischt sich die Tränen weg und hinterlässt dabei dunkle Streifen in ihrem Gesicht.
»Alles okay mit dir?«
Lea nickt. Wenn sie jetzt reden würde, würden die Tränen sofort wieder hochkommen.
»Ist es, weil Laura hier aufgelaufen ist und mit Tom spricht?«

Paula geht in die Box und legt fürsorglich den Arm um ihre Schulter.
Jetzt gibt es kein Halten mehr. Lea fällt ihrer Freundin um den Hals und fängt wieder an zu heulen.
»Es ... ist ... so eine ... Gemeinheit«, schluchzt sie. »Das macht sie nur, weil sie wütend ist wegen Black Sun. Sie hat mir heute Morgen schon gesagt, dass sie mir das nie verzeihen wird. Aber ich hätte nie gedacht, dass sie sich so etwas Fieses ausdenken würde.«
»Was hat sie sich denn ausgedacht?«, fragt Paula ruhig und streichelt sanft über Leas Kopf. Immer wieder.
»Na, ist doch klar. Sie will mir Tom wegschnappen. Sich einfach mit ihm zu verabreden – und dann auch noch hier. Das ist doch kein Zufall oder?«
Paula zuckt mit den Schultern. »Ich habe keine Ahnung, ehrlich gesagt. Aber vielleicht wollte Laura auch nur Black Sun wiedersehen, sie war ja schon so lange nicht mehr bei ihm.«
»Ach ja, ausgerechnet heute? Das wäre aber ein seltsamer Zufall, oder? Ist doch ganz klar, was hier gespielt wird. Das sieht doch ein Blinder! Sie ist echt so gemein. Ich hasse sie! Ich hasse sie, verstehst du. ICH HASSE SIE!«
»Jetzt reiß dich doch bitte zusammen«, sagt Paula hilflos. »Du bist meine Freundin. Aber Laura ist so lange mit uns in der Mannschaft geritten und ich habe sie immer sehr gemocht. Mir hat sie noch nie etwas getan. Und ich mag sie immer noch sehr gerne. Nur weil sie im Moment nicht mehr reitet, muss sie ja nicht gleich ein schlechter Mensch geworden sein.«
Lea kramt in ihrer Hosentasche nach einem Taschentuch.

Sie holt ein sauberes, aber zerknülltes Tempo heraus und schnäuzt laut hinein.
In ihr ist alles verkrampft.
Dass sich jetzt sogar noch ihre Teamkollegin gegen sie stellen muss!
Das hätte sie nie von Paula gedacht.
»Du kennst sie doch gar nicht mehr«, sagt Lea, plötzlich vorwurfsvoll. »Laura hat sich total verändert. Sie ist eine richtige Zicke geworden. Du wirst schon noch sehen, wie sie ist. Lass sie nur wieder an den Stall kommen. Aber eins sage ich dir: Ich werde nicht zulassen, dass sie Sina Black Sun wegnimmt. Bestimmt nicht!«
»Ehrlich gesagt, sieht sie nicht so aus, als ob sie zum Reiten gekommen ist«, sagt Paula trocken. »Mit den Klamotten kann sie jedenfalls nicht aufs Pferd steigen.«
Lea schnäuzt noch einmal und stopft dann das Taschentuch wieder in die Hosentasche.
»Das werde ich jetzt herausfinden«, sagt sie entschlossen und schiebt Paula aus White Stars Box. Der Schimmel guckt ihnen einen Moment lang neugierig nach, steckt dann seine weiche Nase wieder ins Heu und kaut genüsslich.
»Was hast du denn jetzt vor?«, fragt Paula unsicher, als sie den Stall verlassen.
»Na was wohl?« Lea holt tief Luft.
»Ich werde den beiden ordentlich die Meinung sagen«, schnauft sie dann. »Ist doch klar.«
Paula packt sie am Arm und will sie zurückhalten. »Hältst du das wirklich für so eine gute Idee? Die zwei haben doch gar nichts getan.«
»Nichts getan?«, ruft Laura. »Ach, so ist das. Es ist also völ-

lig in Ordnung, wenn Madame heute hier auftaucht und glaubt, dass sie alles ruinieren kann. Alles einfach kaputt machen! Als ob mir der Stress zu Hause nicht reichen würde.«

Entschlossenen Schrittes stapft sie auf das Reiterstüberl zu, wo sie Tom und Laura vermutet. Doch dort sitzen nur Conny und Sina, die erschrocken zusammenzucken, als Lea die Tür aufreißt.

»Bist du jetzt völlig übergeschnappt?«, fragt Conny. »Wie ein D-Zug hier hereinzurasen? Ich hätte einen Herzschlag kriegen können. Zack, bumm, Blaulicht! Und das kurz vor der Qualifikation.«

»Wo sind sie?«, fragt Lea, ohne weiter auf Connys überdrehte Späße einzugehen.

»Hä? Rätselspaß mit Lea Benedikt? Wer ist wo?«

»Tom und Laura natürlich. Wo sind sie?« Lea hat gerade gar keine Geduld.

Conny seufzt.

»Ach so. Hätte ich mir ja denken können, dass du die beiden meinst. Die sind nicht mehr da.«

»Nicht mehr da?«

»Sie sind gerade mit Toms Vater weggefahren«, sagt Sina und lächelt unsicher. »Ich hatte schon Angst, dass sie gekommen ist, um mir die Hölle heißzumachen. Aber . . .«

»Stattdessen ist sie nur gekommen, um mit Tom abzuhauen«, sagt Lea und setzt sich auf den leeren Stuhl neben Sina. Mit einem Mal fühlt sie sich schwach. Dabei war sie eben noch so entschlossen gewesen.

»Hat sie dich etwa blöd angequatscht?«, erkundigt sie sich bei Sina.

»Gar nicht«, sagt Sina. »Das ist es ja, was ich so erstaunlich finde. Sie hat so getan, als sei überhaupt nichts. Sie hat ein paar Sätze mit mir geredet und dann war sie wieder weg. Ich glaube, sie war noch nicht einmal bei Black Sun im Stall. Echt schräg.«

»Ja wirklich«, pflichtet Conny ihr bei. »Ich hatte schon befürchtet, dass es einen richtigen Cat Fight auf dem Hof gibt. Kreisch und Klauenklinke. Dann hätte Papa Laura und Sina noch mit dem Schlauch trennen müssen. Wasser marsch! Aber eisekalt. Na, das wäre was gewesen. Vielleicht hätte ich vor Entzücken applaudiert. Zicken-Entzücken vom Zugucken.«

Obwohl Lea noch immer zum Heulen zumute ist, versucht sie, sich ein Lächeln abzuringen.

»Da bin ich ja beruhigt. Ich hatte schon Angst, sie würde Sina eine Szene machen.«

»Hat sie nicht«, sagt Conny und nimmt einen großen Schluck von ihrer Cola. »Aber so richtig verstanden habe ich ihren Auftritt nicht. Steht plötzlich da und tut, als sei nichts gewesen. Und guckt noch nicht einmal nach ihrem Pferd.« Sie schüttelt sich.

»Vielleicht tut es ihr weh, wenn sie Black Sun sieht«, sagt da Paula, die gerade zu ihnen an den Tisch kommt.

»Dann soll sie doch einfach wieder regelmäßig kommen. Wie wär's damit?«, sagt Conny. »Obwohl, ach nee! Wo ich mir's überlege, jetzt wäre gerade ein schlechter Zeitpunkt für eine Rückkehr. Jetzt soll sich lieber Sina um ihn kümmern, wir müssen ja schließlich an die Mannschaft denken. Aber eins ist sicher: Laura hätte ihn nicht so vernachlässigen dürfen.« Sie verschränkt trotzig die Arme vor der Brust.

»Ich glaube, das Ganze ist nicht so einfach. Laura ist im Moment einfach ziemlich durcheinander. Sie liebt Black Sun bestimmt immer noch, auch wenn er gerade nicht in ihr Leben passt«, versucht Paula zu beschwichtigen.
»Wenn sie ihn lieben würde, dann würde er in ihr Leben passen«, beharrt Conny. »Jetzt kümmert sich jedenfalls Sina um ihn und damit basta. Wäre ja noch schöner, wenn Laura plötzlich ankommt und Black Sun zurückhaben will. Weggegangen, Platz vergangen. Wie im Kindergarten. Wisst ihr noch?«
»Das würde Papa im Moment sowieso nicht erlauben, dass Laura wieder übernimmt«, beruhigt Lea sie. »Der ist so was von wütend auf sie. Solange sie sich in der Schule nicht am Riemen reißt, darf sie erst mal gar nichts. Nächste Woche tagt der Disziplinarausschuss.«
»Ob man sie von der Schule schmeißen wird?« Paula schüttelt entsetzt den Kopf. »Die Arme.«
»Och, das glaube ich nicht«, sagt Conny fachmännisch. »Beim ersten Diszi fliegt man eigentlich nie. Es sei denn, man hat etwas ganz Schlimmes gemacht. Gestohlen. Oder im Klassenzimmer Drogen verkauft oder so was. In Lauras Fall soll das Ganze sicher eher eine Art Warnung sein. Gelbe Karte. Punktabzug. Nix Besonderes.«
»Wenn Papa das doch auch so sehen würde«, stöhnt Lea. »Er ist völlig von der Rolle, seitdem er den Brief gelesen hat. Jetzt schreien er und Laura sich nur noch an. Manchmal ist es so schlimm, dass ich am liebsten sofort das Haus verlassen würde.«
»Ach, das gibt sich bestimmt bald wieder«, sagt Paula mitfühlend. »Pubertät ist eben so eine Sache. Das liest man doch

überall. Irgendwann geht das vorbei. Meine Mutter behauptet auch, dass es im Moment nicht zum Aushalten ist mit mir.«

»Stimmt«, sagt Conny. »Papa meinte neulich auch zu mir, dass er mich am liebsten ins Internat stecken würde. Irgendwo in der Pampa. Am besten eins mit vergitterten Fenstern. Und das nur, weil ich die Musik nicht leiser machen wollte und deswegen einen Schreianfall bekommen habe.«

»Wenn man euch so reden hört, dann könnte man glauben, alle seien in der Pubertät, bloß ich nicht. Was ist denn mit mir? Wir sind doch alle im gleichen Alter.« Lea versteht plötzlich gar nichts mehr.

Paula grinst vielsagend. »Hast du nicht gewusst, dass es bei denen, die später anfangen, besonders schlimm wird?«

»So was Ähnliches hat Tom letztens auch gesagt«, murmelt Lea düster. Sie denkt an das Gespräch in der Eisdiele zurück. Sie schluckt den Kloß in ihrem Hals herunter und fügt energisch hinzu: »Aber ist ja auch egal, was der sagt. Von mir aus kann er bleiben, wo der Pfeffer wächst.«

»Ach komm schon«, sagt Conny versöhnlich. »Jetzt sei nicht so stinkig, nur weil er mit Laura abgerauscht ist. Turtel, turtel.«

Lea zieht die Lippen kraus und pustet sich eine Haarsträhne aus dem Gesicht.

»Er kann machen, was er will. Er ist ein freier Mensch.«

»Und du bist stinksauer auf ihn. Furienmäßig«, beharrt Conny. »Kann ich ja irgendwie auch verstehen. Wie gesagt, ich habe die Show auch nicht ganz verstanden, die Laura und er hier abgezogen haben. Aber mal im Ernst – das Ganze kann dir bald sowieso egal sein. Schnurzpiepe.«

»Ach ja? Und warum?«
»Na, denk doch mal nach. Weil wir bald das Goldene Band gewinnen werden und als weltberühmte Reiterinnen so viele tolle Typen kennenlernen, dass du Tom schnell vergessen hast. Wie sagte meine Oma immer: Andere Mütter haben auch schöne Söhne.« Sie grinst. »Hmmmm. Was für einen hätten Sie denn gern, wertes Fräulein Conny? Ach!«, antwortet sie sich dann selbst. »So einen Schnuckeligen, bitte. Mit breiter Brust. Aber«, sie hebt mahnend den Zeigefinger, »keine Haare drauf! Auf der Brust, meine ich.«
»Oh weh«, lacht Sina. »Jetzt holen wir aber doch besser deinen Vater mit dem Schlauch. Sieht ganz so aus, als könntest *du* eine kleine Abkühlung gebrauchen.«
Lea lächelt. Conny hat zwar nur Spaß machen wollen, aber in einem hat sie doch recht: Wichtig ist im Moment, dass die Mannschaft zum Goldenen Band fahren kann. Alles andere kann warten.

13. Kapitel

Alles andere kann warten?

Von wegen!

Sosehr sie sich auch anstrengt, Lea muss ständig an Tom und Laura denken.

Als sie mit dem Fahrrad von Freudenberg losfährt, tritt sie so heftig in die Pedalen, dass sie keuchend und ganz verschwitzt zu Hause ankommt. Sie zieht sich die dreckigen Stallschuhe vor der Tür aus und rennt geradewegs in die Küche.

Dort holt sie sich einen Schokopudding aus dem Kühlschrank und setzt sich an den Tisch. Ihre Eltern sind natürlich wieder in der Agentur. Und es wird bestimmt auch noch eine Weile dauern, bis sie nach Hause kommen. So ist das bei Herrn und Frau Benedikt im Moment. Entweder die beiden streiten oder sie arbeiten. Eine andere Alternative gibt es nicht.

Heute hat Lea allerdings nichts dagegen. Ganz im Gegenteil. Ohne ihre Eltern hat sie wenigstens freie Bahn, sich Laura so richtig vorzuknöpfen. Hoffentlich kommt sie gleich.

Und Lea hat Glück.

Etwa eine Stunde später hört sie, wie jemand von außen den Schlüssel ins Schlüsselloch steckt. Sie bleibt sitzen und wartet. Wenig später öffnet Laura die Küchentür.

»Lea! Meine Güte, habe ich mich erschreckt. Ich habe gedacht, du wärst noch am Stall.«

»Tja, bin ich aber nicht«, sagt Lea schnippisch und guckt Laura finster an.

»Und Mama und Papa? Wo sind die?«
»Na wo wohl? In der Agentur natürlich. Wo denn sonst? Wir sind also ganz für uns und können ungestört reden.«
Laura zieht die Augenbrauen hoch und guckt Lea spöttisch an.
»Ach ja, und worüber sollten wir beide deiner Meinung nach reden? Über deinen miesen kleinen Verrat vielleicht?«
»Nein, ich hatte da an etwas anderes gedacht«, sagt Lea schnippisch. »Du kannst dir ja wohl denken, woran.«
»Ach ja? Da bin ich aber gespannt.«.
Muss Laura sich denn so blöd stellen? Lea ist so wütend, dass sie am liebsten platzen würde. Oder heulen? Am liebsten beides. Am besten gleich.
»An deinen dämlichen Auftritt heute. Also, was wolltest du am Stall?« Lea guckt herausfordernd.
»Das kannst ja wohl wiederum du dir denken«, kontert Laura und guckt Lea nicht minder herausfordernd an. Sie zieht sich in aller Seelenruhe die Schuhe aus und geht dann betont lässig zum Kühlschrank. »Ich war mit Tom verabredet. Und da der Stall, wie du ja vielleicht weißt, nicht weit von hier ist, habe ich mich dort mit ihm getroffen. Sein Vater hat uns dann mit in die Stadt genommen, wo wir zusammen ein Eis gegessen haben. Mit Sahne, wenn du es genau wissen willst.«
Laura nimmt sich einen Joghurt aus dem Kühlschrank und setzt sich an den Tisch.
»Allerdings frage ich mich, warum ich dir das alles erzähle. Was geht dich das eigentlich an? Es ist doch wohl meine Sache, mit wem und wo ich verabredet bin. Ganz allein meine Sache.«

»Was mich das angeht?«
Lea merkt, wie bei ihr eine Sicherung durchbrennt. Ihre Stimme klingt selbst in ihren Ohren ganz schön schrill. Sie kann sich nicht erinnern, wann sie das letzte Mal so wütend gewesen ist, so verdammt wütend.
»Das geht mich eine ganze Menge an! Du bist doch nur zum Stall gekommen, weil du es nicht ertragen kannst, dass Sina jetzt Black Sun reitet. Dabei hast du dich all die Wochen und Monate nicht um ihn gekümmert. Und jetzt, wo wir Black Sun dringend für die Mannschaft brauchen, kommst du daher und versuchst, alles kaputt zu machen.«
Laura guckt sie mitleidig an, sehr von oben herab. »Was erzählst du da eigentlich für einen Mist? Habe ich irgendetwas zu Sina gesagt? Oder zu irgendjemand anderem? Ich war ja noch nicht einmal bei Black Sun an der Box.«
Lea stutzt. Was soll sie darauf sagen? Laura hat wirklich nichts getan, woraus Lea schließen könnte, dass sie mit Black Sun irgendetwas im Schilde führt.
»Und im Übrigen«, fährt Laura fort, »habe ich ja wohl genauso ein Recht, am Stall zu sein wie du. Oder etwa nicht?« Sie knallt den leeren Joghurtbecher auf den Tisch und guckt Lea herausfordernd an. »Du kannst ja Herrn Dahmitz bitten, mir Hausverbot zu erteilen. Versuch das doch mal. Die nette Lea sorgt dafür, dass die böse Laura ihr nicht mehr über den Weg laufen darf. Die nette Lea, die alles richtig macht. Und die böse Laura, die ja so ein schlechter Mensch ist.«
»Haha.« Lea verdreht die Augen. »Sehr witzig. Natürlich kann ich dir nicht verbieten, im Stall zu sein. Aber nur dahin zu kommen, um andere zu provozieren, das finde ich mies. Richtig mies.«

Laura runzelt die Stirn. »Wieso provozieren? Was soll das denn heißen?«
»Mensch, Laura, jetzt tu doch nicht so unschuldig«, faucht Lea wütend. »Ich weiß doch, dass du dich wegen der Aktion mit Black Sun an mir rächen willst. Deshalb diese Nummer mit dem Stall und ... mit ... mit Tom.«
Laura guckt sie erstaunt an. Dann fängt sie laut an zu lachen. »Jetzt verstehe ich endlich. Es geht dir gar nicht um Black Sun oder um die Mannschaft. Du bist einfach nur eifersüchtig, weil Tom sich mit mir verabredet hat. Sieh mal einer an. Du bist also gar nicht so selbstlos, wie du immer tust.«
Laura steht auf und schmeißt den Joghurtbecher in den Müll. »Weißt du was, du bist doch selbst schuld. Warum hast du Tom denn gestern Abend einfach sitzen lassen wie einen dummen Jungen, wenn dir so viel an ihm liegt? Ich habe ihn dann zu uns an den Tisch eingeladen. Nachher war er so nett und hat mich zur Bushaltestelle gebracht. Bist du jetzt im Bilde?«
»Wieso zur Bushaltestelle? Ich dachte, Alexander hätte dich nach Hause gefahren?«, fragt Lea entsetzt. Sie hört das Blut in ihrem Kopf rauschen. Alles in ihr ist in Aufruhr. Tom hat Laura zur Bushaltestelle gebracht! Allein! Nur die beiden.
Laura grinst.
»Nee, Alex war sauer auf mich und ist früher abgehauen. Es hat ihn, glaube ich, ganz schön genervt, dass ich Tom zu uns an den Tisch geholt habe. Na ja, auf diese Weise waren Tom und ich jedenfalls ganz alleine. Wir haben uns bestens verstanden und uns für heute verabredet. Tja, selbst schuld, meine Liebe. So einen netten Typen lässt man nicht einfach sitzen ...«

Jetzt gibt es bei Lea kein Halten mehr.
»Du bist so was von fies, Laura! Das ist so schäbig! Du hast es einfach schamlos ausgenutzt, dass ich gegangen bin. Und jetzt benutzt du ihn. Du hast dich schließlich nur an ihn rangeschmissen, um mir eins auszuwischen!«
Laura starrt sie mit aufgerissenen Augen an. Dann fängt sie laut an zu lachen. »An ihn rangeschmissen, um dir eins auszuwischen? Wegen Black Sun? Als ich mich gestern Abend mit Tom verabredet habe, wusste ich doch noch gar nichts von deiner kleinen Intrige. Oh Mann, Mädchen, wann wirst du nur endlich erwachsen? Glaubst du eigentlich, es dreht sich alles nur um Pferde?«
Laura wirft den Kopf in den Nacken und geht, ohne ein Wort zu sagen, aus der Küche. Wenig später hört Lea, wie oben eine Zimmertür mit einem Knall ins Schloss fällt.
Lea schnappt sich einen Apfel aus dem Obstkorb auf dem Tisch und geht nachdenklich in ihr Zimmer. Auf ihrem Bett liegen jede Menge Pferdezeitschriften, die sie mit einer schnellen Handbewegung zur Seite schiebt.
Seufzend setzt sie sich mit dem Rücken an die Wand und starrt aus dem Fenster.
»Glaubst du eigentlich, es dreht sich alles nur um Pferde?«
Dieser Satz von Laura geht ihr einfach nicht mehr aus dem Kopf. Sie findet, dass ihre Schwester da ganz schön auf dem falschen Dampfer ist. Denn als sich bei ihr auch noch alles um Pferde gedreht hat, hatte sie noch nicht so viele Schwierigkeiten.
Andererseits – wenn sie mal ganz ehrlich zu sich selbst ist, dreht sich denn bei ihr alles noch um Pferde? Sie gibt es nur widerwillig zu, aber die Sache mit Tom geht ihr doch ganz

schön nahe und überschattet die Vorfreude auf das Goldene Band enorm. Wenn sie daran denkt, dass er jetzt mit Laura ausgeht, fängt sie sofort an zu heulen. Hört das denn nie auf? Ärgerlich wischt sie sich die Tränen aus dem Gesicht und drückt sich ihr Kopfkissen vor die Brust.
Irgendetwas in ihrem Leben hat sich verändert. Sie kann es nur nicht richtig greifen.
Sie wischt sich noch einmal über das Gesicht. Sie ist verwirrt.
Wie schön wäre es, wenn sich bei ihr tatsächlich noch alles um Pferde drehen würde!
Die können auch mal einen schlechten Tag haben, das schon, aber sie sind nie gemein. Sie haben keine hinterhältigen Gedanken und sind viel treuer als Menschen. Auf ihren White Star kann sich Lea in jeder Situation voll und ganz verlassen. Da ist sie sich ganz sicher. Wenn sie sich auch weiterhin nur auf Pferde eingelassen hätte, hätte ihr Tom nicht so wehtun können. Und wenn sie ehrlich ist, dann tut es ganz schön weh.
Lea schmeißt das Kissen auf den Boden und beißt ärgerlich ein großes Stück von ihrem Apfel ab.
Schluss mit dem Gejammer! Herrgott!
Sie beißt die Zähne zusammen, finster entschlossen. Bloß keine so gefühlige Kuh werden!
Morgen ist das erste gemeinsame Training seit Bounty Bays Verletzung. Und sie darf die Mannschaft auf keinen Fall enttäuschen. Das ist alles, was zählt.

14. Kapitel

Hey, Leute, endlich geht es wieder los. Rappeldirappzappzapp.«

Conny sitzt triumphierend auf Filou und reitet mit den anderen vom Hof los. Vor dem Mannschaftstraining mit Myles wollen die Mädchen noch eine entspannte Runde um die Anlage reiten. So entspannt, wie es in dieser Situation eben geht. In Wahrheit sind alle natürlich eher angespannt. Aber auf eine gute Art. Vorfreude liegt in der Luft.

»Ich kann es kaum abwarten. Und ihr?«

»Geht so«, seufzt Sina. »Ich hab, ehrlich gesagt, ganz schön Bammel, dass Myles findet, ich reite Black Sun nicht gut genug. Ich habe mir deshalb die halbe Nacht Sorgen gemacht.«

»So ein Unsinn.« Paula schiebt sich mit ihrer Fuchsstute Bella Rosa zwischen die beiden. »Du kommst doch total gut mit Black Sun klar. Alles, was er braucht, ist noch ein bisschen Training.«

»Stimmt«, pflichtet Conny ihr bei. »Mach dir jetzt bloß nicht schon wieder so viele Gedanken. Das lenkt dich nur vom Reiten ab. Reiten und Denken verträgt sich nicht. Ich muss das wissen.« Sie schaut schelmisch drein.

Während ihre drei Mannschaftskameradinnen vor ihr fröhlich miteinander plaudern und kichern, reitet Lea schweigend mit White Star hinterher. Bis jetzt ist es immer ihr größtes Ziel gewesen, mit der Mannschaft beim Goldenen Band zu reiten. Warum freut sie sich dann nicht wie die anderen, dass sie sich gerade auf dem besten Weg dahin befinden? Auf dem nächsten Turnier entscheidet sich endgültig, ob sie qualifiziert sind oder nicht. Und eigentlich dürfte sie – so wie Conny, Paula und Sina auch – an nichts anderes mehr denken.

Eigentlich.

In Wahrheit denkt Lea seit ihrem gestrigen Gespräch mit Laura an ziemlich viel, nur nicht unbedingt an das Goldene Band. Da kann sie sich ablenken, wie sie will. Sie kann immer noch nicht verstehen, warum Tom sich mit ihrer Schwester verabredet hat und von ihr nichts mehr wissen will. Ob es daran liegt, dass sie sich nicht so aufstylt wie Laura? Hätte sie netter zu ihm sein müssen? Irgendwie ... charmanter? Sie mag nicht einmal das Wort.

»Was ist denn mit dir los, Häschen?«, unterbricht Conny ihre Gedanken. Ohne dass Lea es gemerkt hat, ist Conny zurückgeblieben und hat sich neben sie gesellt.

»Denkst du etwa immer noch an diesen Typen und sein güldenes Haar?«

»Weiß nicht. Vielleicht.« Lea ist wortkarg.

Was soll man auf eine solche Frage schon antworten? Conny ist gut. Natürlich denkt sie an Tom. Aber irgendwie ist es ihr mehr als peinlich, das vor Conny zuzugeben.

»Vergiss ihn einfach. Wenn er sich sofort mit einer anderen Ti-Ta-Tussi verabredet, kannst du eh ein Ei auf ihn hauen. Lass ihn sausen und kümmere dich lieber um die Mannschaft. In drei Wochen müssen wir fit sein, sonst war es das nämlich mit der Qualifikation.«

Lea nickt. Conny hat ja recht. Eigentlich. Wenn diese Ti-Ta-Tussi, wie Conny das auf ihre ganz eigene Art ausgedrückt hat, doch nur nicht ausgerechnet ihre Schwester wäre! Ihre Schwester, die sowieso im Moment nur querschießt. Die Eltern streiten sich ihretwegen ununterbrochen, entweder miteinander oder mit Laura direkt. Es gibt keinen einzigen Tag, an dem im Haus der Benedikts nicht laut geschrien wird. Für Lea interessiert sich dabei kein Mensch. Ihre Eltern haben schon eine Ewigkeit nicht mehr gefragt, wie es mit ihrer Reiterei läuft. Und wenn sie gute Noten in der Schule schreibt, nimmt das überhaupt niemand zur Notiz. Es geht immer nur um Laura.

Laura.

Laura.

Laura.

Und jetzt auch noch das mit Tom.

Tom und . . . Laura.

Lea läuft ein Schauer über den Rücken.

»Lass den Kopf nicht hängen«, sagt Conny tröstend. »Es kommen auch wieder bessere Zeiten. Mit Sonnenschein und allem Drum und Dran.«

Lea lächelt.

»Wahrscheinlich hast du recht.«

Sie legt sich mit dem Oberkörper auf White Stars Hals und schließt die Augen. Dabei konzentriert sie sich einfach nur auf die gleichmäßigen Bewegungen des Schimmels, der seelenruhig den Waldweg entlangschreitet. Gott sei Dank, wenigstens das klappt noch! Soll von ihr aus doch die ganze Welt aus den Fugen geraten, solange sie White Star hat, kann ihr eigentlich nichts passieren.

Nach der Schrittrunde um die Anlage empfängt Myles die Mädchen auf dem Springplatz.

»Okay, Girls, dann kann es ja wieder losgehen. Ich habe mir gedacht, wir machen heute ein bisschen Springgymnastik. Das entspannt und gibt ordentlich Muckis.«

Er wirft einen Blick auf Black Suns rundlichen Bauch. »Und davon kann unser Schwarzer hier jede Menge brauchen. Ich bin wirklich gespannt, ob er rechtzeitig fit wird. Noch ist er ja ein bisschen aus dem Leim.«

Myles sagt den Mädchen, dass sie antraben und möglichst viel auf gebogenen Linien reiten sollen. Dann gibt er ihnen Tipps, wie sie die Lösungsarbeit für ihre Pferde noch effektiver gestalten können.

»Du darfst Filou nicht so vorwärtsjagen, Conny. Der Trab soll fleißig sein, aber nicht hektisch. Okay? Sonst kommt er aus dem Takt.«

»Du darfst Bella Rosa vorne nicht so fest halten, Paula. Reite sie von hinten an die Hand ran, richtig, und zieh nicht einfach nur am Zügel. Sie muss mehr über den Rücken gehen. Über den Rücken! Ja. So ist es besser.«

»Mehr Tempo, Lea. Und nimm die Zügel etwas kürzer. White Star latscht daher, als würde er einen Pflug ziehen. Wie ein Ochse. Du musst energischer reiten und darfst ihn nicht einfach so auf der Vorhand laufen lassen.«

»Das ist gut so, Sina. Sieh zu, dass du ihn vorne ganz gleichmäßig dran hältst. Sonst wird er unruhig und fängt mit dem Kopf an zu schlagen.«

Myles nimmt ein paar Stangen, die am Ausgang des Platzes liegen, und legt sie fein säuberlich hintereinander auf die Zirkellinie.

»So, jetzt trabt mal hintereinander über die Stangen hier. Seht zu, dass ihr genau die Mitte anreitet und euer Pferd dabei nach innen gestellt ist. Alles klar?«

Conny ist die Erste. Als Filou die bunten Stangen auf dem Boden liegen sieht, wird er nervös und galoppiert an.

»Sofort abwenden«, sagt Myles prompt.
Conny reitet eine Linkswendung und kommt noch einmal. Als Filou sich den Stangen nähert, reißt er den Kopf hoch und möchte gleich wieder angaloppieren.
»Setz dich richtig rein und parier ihn durch!«, ruft Myles. »Du musst lernen, dein Pferd besser unter Kontrolle zu halten, Conny. Sonst gibt es irgendwann noch ein Unglück. Wenn er im Gelände so rast, kannst du ganz schnell stürzen. Du musst mehr an seiner Durchlässigkeit arbeiten, hörst du. Springen und galoppieren kann er ja schon.«
Als Nächste ist Paula dran. Bella Rosa trabt wirklich brav über die Stangen. Trotzdem hat Myles auch hier etwas auszusetzen. Er ist ein richtiger Perfektionist. »Du musst zusehen, dass sie im Trab mehr schwingt. Sie macht das zwar ganz ordentlich, aber sie lässt noch nicht richtig los. Deshalb machen wir solche Übungen ja.«
Jetzt Lea. Sie trabt White Star an und steuert geradewegs auf die Stangen zu. Der Schimmel nimmt die Beine hoch vom Boden und trabt so elastisch darüber, als wäre er aus Gummi.
»White Star hat das sehr gut gemacht«, sagt Myles. »Obwohl du geschlafen hast, Lea.«
»Geschlafen?« Lea guckt ihn fragend an.
»Allerdings. Geschlafen. Tief und fest und wahrscheinlich traumlos. Oder weißt du nicht, dass man die Stangen in der Mitte anreitet?«, fragt Myles mit sarkastischem Unterton. Der Ire ist eine Seele von Mensch, aber wenn jemand im Unterricht nicht aufpasst, macht ihn das ganz schön kribbelig.
Lea reitet mit hängendem Kopf davon und Sina kommt.

Black Sun tänzelt aufgeregt hin und her und trabt seitwärts, als er die Stangen sieht.
»Ruhig bleiben, abwenden, noch einmal kommen«, sagt Myles gebetsmühlenartig. »Er muss sauber und ordentlich über die Stangen traben. Darum geht's jetzt.«
Sina braucht einige Anläufe, aber dann bringt sie Black Sun dazu, seine Aufgabe einigermaßen ruhig und rhythmisch zu erledigen.
Als die vier Mädchen zu Myles' Zufriedenheit mehrmals über die Stangen getrabt sind, lässt er sie angaloppieren.
»Hopp, hopp.«
Und es geht gleich wieder los:
»Nicht so schnell, Conny. Du musst ihn gleichmäßiger galoppieren lassen, sonst wird er zu hektisch. Vergiss nicht, dass du gerade im Gelände immer die Kontrolle über dein Pferd haben musst. Wie oft soll ich das eigentlich noch sagen?«
»Gib vorne mehr nach, Paula, damit sie sich besser vorwärts-abwärts dehnen kann. Sie hält immer noch zu fest im Rücken.«
»Meine Güte, Lea, was ist denn heute mit dir los? Nimm die Zügel kürzer und mach die Beine richtig zu. White Star fällt ja völlig auseinander. Lass ihn doch nicht die ganze Zeit auf der Vorhand latschen.«
»Nicht schlecht, Sina. Aber sieh zu, dass er nicht zu schnell wird. Du wirst sicher schon gemerkt haben, dass Black Sun im Galopp sehr eilig werden kann. Halbe Paraden sind das A und O bei so einem Pferd. Reite viele Übergänge mit ihm.«
Während die Mädchen Runde um Runde galoppieren, legt

Myles drei Stangen in größerem Abstand auf gerader Linie hintereinander.
»Gut, dann könnt ihr jetzt einzeln hierüber galoppieren. Das ist eine gute Übung für den Rhythmus und zeigt, wie sehr ihr eure Pferde unter Kontrolle habt. Fang du an, Conny.«
Conny, die schon seit geraumer Zeit keinen Kommentar auf den Lippen hat, biegt ab und galoppiert auf die am Boden liegenden Stangen zu.
»Viel zu schnell!«, ruft Myles. »Du tust, als würdest du auf einen M-Oxer zureiten. Bleibt einfach ruhig sitzen und sieh zu, dass er nicht wegrennt.«
Doch das ist einfacher gesagt als getan. Filou wirft den Kopf in die Höhe und galoppiert in einem gehörigen Tempo auf die Stangen zu. Deshalb springt er auch viel zu früh ab und tritt auf die erste Stange. Dabei gerät er völlig aus dem Rhythmus und tritt auch noch auf die zweite und die dritte Stange.
Myles schlägt die Hände über dem Kopf zusammen.
»Kontrolle!«, ruft er. »Kontrolle! Wenn er das im Gelände macht, kannst du dir den Hals brechen.« Er schüttelt den Kopf.
Als Nächstes kommt Paula mit ihrer Bella Rosa.
»Ganz okay«, sagt Myles, als die beiden ohne größere Probleme über die Stangen galoppiert sind. »Aber du darfst sie nicht so festhalten. Jetzt du, Lea.«
Lea wendet vor der Ecke ab und steuert auf die Stangen zu.
»Zügel etwas kürzer!«, ruft Myles. Doch da ist White Star schon über die erste Stange gestolpert und rettet sich mehr schlecht als recht über die nächsten beiden Stangen.
»Lea!«, ruft Myles. »Wo bist du denn heute mit deinen Ge-

danken? Die Zügel waren viel zu lang und dann guckst du noch nicht mal richtig hin. White Star kann nichts dazu. Er weiß ja gar nicht, was du von ihm willst, so passiv, wie du heute da oben hockst. Jetzt werde doch mal endlich wach, Mädchen. Wenn es gleich an die Hindernisse geht, musst du besser aufpassen.«

Lea nickt schuldbewusst und beugt sich nach unten, um nachzusehen, ob White Star sich womöglich verletzt hat. Doch vom Pferderücken aus kann sie nichts erkennen. Sie trabt an und atmet erleichtert auf, als der Wallach ganz klar und taktrein auf dem Zirkel geht. Sie muss jetzt wirklich besser aufpassen. Nachher tut White Star sich noch weh. Und der kann wirklich am allerwenigsten dafür, dass das Leben momentan so schwierig ist.

Doch sosehr sie sich auch anstrengt, es fällt ihr ungemein schwer, die Konzentration zu wahren. Immer wieder wandern ihre Gedanken zu Laura und Tom. Warum musste sie an diesem unglücklichen Abend auch einfach aufstehen und gehen? Kein Wunder, dass Tom sauer auf sie ist.

Andererseits, musste er denn dann gleich mit ihrer Schwester abziehen?

15. Kapitel

Lea! Hallo? Hörst du mich überhaupt?«

Lea zuckt erschrocken zusammen und guckt Myles an. Der Ire fährt sich aufgeregt mit der Hand durch das rappelkurz geschnittene Haar.

»Sag mal, wie oft soll ich dich denn noch rufen?«

Rufen?

Myles?

Sie?

Lea hat überhaupt nichts gehört.

»Tut mir echt leid. Ich war wohl gerade mit meinen Gedanken woanders«, murmelt sie und nimmt sich ganz fest vor, jetzt aber wirklich bei der Sache zu bleiben. »Ich passe jetzt besser auf.«

»Das will ich hoffen«, knurrt der Trainer. »Wir gehen nämlich jetzt noch zur Geländewiese rüber und machen ein paar Sprünge. Es klappt mit Sina und Black Sun besser, als ich gedacht habe.«

Er grinst breit und ziemlich zufrieden.

»Sie hat den schwarzen Teufel gut unter Kontrolle.«

Lea lächelt.

Schwarzer Teufel.

Es ist schön, das zu hören. Fast hat sie vergessen, dass Myles Black Sun immer so genannt hat. Bei all seinem Talent und seinem enormen Galoppiervermögen kann der Rappe nämlich auch ganz schön schwierig sein. Sie ist froh, dass Sina so gut mit ihm zurechtkommt.

»Also dann!«, ruft Myles den Mädchen zu. »Auf geht's zur

Geländewiese. Vergesst die Sicherheitswesten nicht. Okay?«

»Der immer mit seinen Sicherheitswesten! Sind wir hier etwa bei der Polizei?«, mosert Conny, als sie auf die große Wiese neben den Stallungen zureiten, auf der eine Reihe fester Hindernisse stehen. »Am liebsten wäre es ihm, wenn wir sie auch noch im Bett anziehen würden. Als ob man nicht mal ein paar kleine Sprünge ohne machen könnte.«

»Er ist doch nur vorsichtig«, verteidigt Paula den Trainer. »Außerdem müssen wir die Westen, glaube ich, tragen. Wegen der Versicherung und so.«

»Mag ja sein, aber an Tagen wie diesen wäre ich froh, wenn ich auf dieses verdammte Ding mal verzichten könnte«, stöhnt Conny und wischt sich den Schweiß von der Stirn. »Mir ist nämlich ganz schön heiß. Koche gleich über. Werfe ich etwa schon Blasen?« Spaßeshalber tastet sie sich das gerötete Gesicht ab.

»Also, ich bin froh, dass ich meine Weste anhabe«, sagt Sina. »Geländehindernisse mit einem Pferd, das man nicht so kennt, sind schließlich so eine Sache.«

»Ach, das schafft ihr schon«, sagt Conny. »Den hast du doch gut im Griff. Und wenn gar nichts hilft: Knoten in die Beine machen. In deine natürlich. Nicht in seine.«

»Okay«, sagt Myles, als alle auf der Wiese angekommen sind. Er deutet auf einen breiten Baumstamm. »Damit fangen wir an. Du zuerst Conny.«

Conny hat zwar ganz schön zu kämpfen mit ihrem hitzigen Filou, kommt aber ohne Probleme über das Hindernis. Je höher die Hindernisse werden, desto besser passt der eifrige

Wallach auf. Paulas Bella Rosa tut sich leicht und zuckt noch nicht einmal mit der Wimper, als sie über den Baumstamm setzt.
Dann ist Sina an der Reihe.
Black Sun nimmt ganz schön Fahrt auf, als er das Hindernis vor sich auftauchen sieht.
»Nicht so schnell!«, ruft Myles. Sina versucht, ihn zurückzunehmen, jedoch ohne Erfolg.
»Halt ihn an!«, brüllt Myles.
»Halt ihn einfach an!«
Sina guckt Myles erstaunt an, tut aber, was der Trainer sagt. Sie setzt sich aufrecht in den Sattel, drückt die Beine ganz fest an Black Suns Körper und nimmt die Zügel kürzer. Etwa anderthalb Meter vor dem Baumstamm kommt der Wallach zum Stehen.
»Jetzt richte ihn drei Schritte rückwärts und dann kommst du noch einmal«, ruft Myles. Der Trainer ist hoch konzentriert.
Black Sun schnaubt unwillig und schüttelt den Kopf, geht aber widerstrebend drei Schritte rückwärts. Dann galoppiert Sina ihn erneut an und kommt noch einmal auf das Hindernis zu. Black Sun geht zwar etwas gegen den Zügel, bleibt aber unter Kontrolle und setzt manierlich über das Hindernis.
»Gut so«, lobt Myles und geht zu ihr hin. »Du musst zusehen, dass du ihn immer am Bein hast, sonst fängst du an, am Zügel zu ziehen. Und das bringt überhaupt nichts. Er ist eben ein bisschen sehr eifrig, der schwarze Teufel.«
Liebevoll krault er den Rappen hinter den Ohren. Dann dreht er sich zu Lea um.

»Okay, Lea. Du bist dran. Und bitte: Vergiss nicht, dich zu konzentrieren.«
Lea rückt den Helm zurecht, nimmt die Zügel auf, atmet durch und galoppiert aus dem Schritt an. White Star galoppiert energisch vorwärts und schnaubt bei jedem Galoppsprung. Lea peilt die Mitte des Baumstammes an und geht elastisch in der Bewegung mit, als der Schimmel geschmeidig über das Hindernis setzt.
»Sehr gut«, sagt Myles zufrieden. »Siehst du, du musst dich nur konzentrieren. Dann geht es. Gut sogar.«
Lea nickt und tätschelt White Stars Hals. Der Wallach wirft ruckartig den Kopf in die Höhe und tänzelt leicht.
»Ho, White Star«, lacht sie. »Du brauchst gar nicht so anzugeben. Alle haben gesehen, wie gut du das gemacht hast.«
Myles lässt sie alle noch einige Male über den Baumstamm springen und geht dann mit raumgreifenden Schritten zum Wall hinüber.
»Conny, du fängst wieder an.«
Conny hat alle Hände voll zu tun, damit ihr Filou nicht zu schnell wird. Doch sie kennt ihren Wallach gut genug, um wieder die Kontrolle über den Braunen zu kriegen.
»Nicht schlecht«, sagt Myles, als sie auf der anderen Seite des Walls wieder runtergetrabt ist. »Aber du solltest mehr Dressur mit ihm reiten, damit er besser auf die Hilfen reagiert. Er ist mir immer noch zu heftig.«
Conny verzieht das Gesicht. Dressur ist die Disziplin, die sie von allen dreien am allerwenigsten mag. Nicht ihr Ding. Sie kann herrlich darüber abätzen.
Nach Conny ist Paula dran. Bella Rose galoppiert ruhig auf den Wall zu und muss sich ganz schön anstrengen, um

über die Holzumzäunung, die als Aufsprung dient, zu kommen.

»Paula, Kontrolle ist zwar gut, aber deshalb musst du trotzdem vorwärtsgaloppieren. So ein Wallaufsprung ist ganz schön anstrengend für ein Pferd, deshalb brauchst du ein gewisses Tempo. Du musst natürlich immer die Verbindung halten, aber du brauchst auch genug Drive, damit du genug Schwung hast. Und nach dem Aufsprung musst du energisch weiterreiten, sonst wird deine Stute wieder zu langsam.«

»Oh weh«, stöhnt Sina, als Myles auf sie deutet. Lea kann sehen, dass sie ganz blass um die Nase geworden ist. »Hoffentlich mache ich alles richtig.«

Sie galoppiert Black Sun an und steuert auf die Mitte des Aufsprungs zu. Obwohl sie etwas kämpfen muss, gelingt es ihr dennoch, Black Sun einigermaßen unter Kontrolle zu halten. Der Rappe springt leicht wie eine Feder auf den Wall und hat so viel Schwung, dass er sich oben kaum zum Trab durchparieren lässt.

»Wenn er nach dem Sprung so losstürmt, musst du die ganze Wucht der Landung mit dem Steigbügel auffangen. Sonst fällst du nach vorne und er zieht dir einfach die Zügel aus der Hand.«

»Meine Güte«, sagt Sina lachend, »als sie wieder zu den anderen getrabt ist. Hat der vielleicht ein Tempo! Den armen Bounty Bay muss ich immer treiben und bei dem hier weiß ich gar nicht, wie ich ihn wieder zum Stehen bringe.«

»Du machst das sehr gut«, sagt Lea. »Man möchte gar nicht glauben, dass du ihn noch gar nicht so lange reitest.«

»Lea! Jetzt quatsch nicht rum, sondern komm endlich. Oder glaubst du, ich habe ewig Zeit?«

»Oha, der Trainer ist sauer«, grinst Lea und reitet los. Sie kann überhaupt nicht verstehen, warum sie vorhin so unkonzentriert war. Reiten macht doch so einen Spaß.
Und springen erst mal!
»Los, White Star«, flüstert sie und drückt dem Schimmel die Absätze leicht in die Seiten.
White Stars Galoppsprung wird noch kraftvoller. Lea hat den Blick gerade nach vorne gerichtet und will nach links zum Wall abwenden, als sie hinten am Reitplatz zwei Gestalten bemerkt.
Tom und Laura!
Mit einem Mal krampft sich in ihr alles zusammen.
Müssen die beiden ausgerechnet jetzt kommen?
Lea spürt, wie ihr die Tränen in die Augen treten. Sie wendet nach links ab und sieht ganz verschwommen noch ein ganzes Stück von sich entfernt den Wall vor sich auftauchen.
Was hat Myles gesagt?
Vorwärtsgaloppieren.
Sie treibt White Star noch mehr an. Der Schimmel wird schneller. Irgendwo ruft jemand etwas. Wahrscheinlich drüben auf dem Springplatz. Dann hört Lea nur noch das dumpfe Aufschlagen von White Stars Hufen auf dem weichen Grasboden. Die Tränen laufen ihr in Strömen die Wangen hinunter und die Welt vor ihr ist in einen grauen Schleier getaucht. Als wäre plötzlich eine Nebelwand aufgezogen.
»Los, White Star. Schneller.«
Der Schimmel macht sich ganz flach und rast über die Grasfläche.
Plötzlich ist der Wall da.

White Star versucht, sich noch rechtzeitig abzudrücken. Doch zu spät. Er bleibt mit den Vorderhufen an der Holzverkleidung hängen und knickt mit den Vorderbeinen ein. Lea verliert das Gleichgewicht. Sie fällt nach vorne auf seinen Hals und rutscht seitlich herunter. Neben sich sieht sie White Stars Vorderhufe wild in der Luft herumrudern. Der Wallach versucht, wieder auf die Beine zu kommen.
Immer so weit wie möglich vom Pferd weg landen, schießt es ihr durch den Kopf. Bloß nicht in den Pferdebeinen verheddern. Bloß nicht!
Doch zu spät.
Als sie auf den Boden fällt, spürt sie einen heftigen Schlag an ihrem rechten Arm. Dann fährt ihr ein stechender Schmerz durch den Körper und treibt ihr erneut die Tränen in die Augen. Sie rollt sich auf die Seite und sieht, wie White Star dicht neben ihr aufsteht, sich schüttelt und mit hängenden Zügeln davontrabt.
Lea will sich aufsetzen.
»Aua!«
Der Schmerz verschlägt ihr für einen Moment den Atem.
Sie legt sich auf den Rücken und starrt in den Himmel, bis sie wieder Luft holen kann.
Dann sieht sie Myles' besorgtes Gesicht über ihrem auftauchen.
»Lea! Hast du dich verletzt?«
»Ich weiß nicht«, stöhnt sie. »Mein Arm tut so schrecklich weh.«
Sie versucht, noch einmal aufzustehen, doch Myles drückt sie sanft, aber bestimmt zu Boden.
»Bleib liegen, bis wir einen Arzt geholt haben.«

»Aber White Star! Wir müssen White Star einfangen. Wer weiß, wo er hingelaufen ist!«, flüstert sie. Bei jedem Wort fährt eine neue Welle des Schmerzes durch ihren Körper und füllt ihn ganz aus.

»Mach dir keine Sorgen um White Star«, beruhigt Myles sie. »Den haben wir schon lange eingefangen. Er ist einfach nur zu den anderen Pferden gelaufen. Conny bringt ihn gerade in seine Box.«

»Hat er sich irgendwie verletzt?«

Myles lächelt beruhigend. »Nein, er hat keine Verletzungen. Und er lahmt auch nicht. Ich glaube, er hat sich nur ganz schön erschrocken. Wie wir alle übrigens.« Er schüttelt entgeistert den Kopf. »Was war nur auf einmal los mit dir? Du bist viel zu schnell geritten. Ich habe die ganze Zeit geschrien, dass du abwenden sollst. Aber du bist wie eine Wahnsinnige auf diesen Wall zugeritten und hast überhaupt nichts gehört.«

Lea schließt die Augen.

Was war denn bloß passiert?

Und da fällt es ihr wieder ein.

Tom und Laura.

Es hat sie völlig aus der Bahn geworfen, die beiden zu sehen. So sehr, dass sie die Kontrolle über ihr Pferd verloren hat. Dabei sollte sie sich wohl besser an den Anblick des neuen Traumpaars gewöhnen, denn wie es aussieht, wird sie die beiden in Zukunft öfter zusammen antreffen.

»Ich muss aufstehen und zu White Star gehen.«

Doch die kleinste Bewegung tut ihr so weh, dass sie vor Schmerz losheulen könnte. Schon wieder. Gestern vor Wut und Enttäuschung, heute vor Schmerz. Lea hat das Gefühl, durch ein endloses Tal der Tränen zu gehen.

Wo ist denn bloß der Ausgang?
Wie kommt sie da raus?
»Hey, Lea, ist alles okay mit dir, Baby?«
Lea dreht den Kopf ein wenig zur Seite und sieht Conny neben sich knien. Conny hat die Stirn in dicke Falten gelegt.
»Wo ist White Star?«, fragt sie erschrocken. »Myles hat gesagt, dass du ihn in seine Box bringst.«
»Laura und Tom kümmern sich jetzt um ihn«, sagt Conny verlegen. »Sie haben ihn mir abgenommen, als ich ihn über den Hof geführt habe.«
»Laura und Tom . . . kümmern sich . . . um White Star?«
Lea muss immer wieder Luft holen, so stark ist der Schmerz in ihrer Schulter.
Conny nickt. »Sie haben gesagt, sie versorgen ihn erst und dann ruft Laura deine Eltern an. Sie müssen ja wissen, was passiert ist.«
»Ich möchte zu White Star«, wiederholt Lea, ohne auf das, was Conny gesagt hat, einzugehen. »Ich möchte einfach nur zu White Star.«
Dann stöhnt sie laut.
Myles wirft Conny einen besorgten Blick zu.
»Dauert es noch lange mit dem Notarztwagen?«
Gerade als Conny antworten will, hören sie die Sirene.
»Da ist er ja endlich! Lauf ihm entgegen und sag ihnen, wo sie hinmüssen«, sagt Myles. »Und sie sollen sich beeilen. Sie hat wirklich starke Schmerzen.«

16. Kapitel

Das Nächste, was Lea wahrnimmt, ist der beißende Geruch von Desinfektionsmitteln. Sie öffnet die Augen und sieht eine rundliche Frau mit einem freundlichen Gesicht, die sich dicht über sie beugt.

»Na, hallo! Wie geht es dir?«

»Ganz gut«, flüstert Lea. »Glaube ich zumindest.« Sie stöhnt leise. »Bin ich im Krankenhaus?«

Die Frau, eine Krankenschwester, nickt.

Stück für Stück kommen Leas Erinnerungen an das, was geschehen ist, zurück. Das Training. Laura und Tom. Der Wall. White Stars Sturz.

»War ich etwa ohnmächtig?«

»Nein. Aber du hattest so starke Schmerzen, dass der Notarzt dir vor dem Transport ein Betäubungsmittel gegeben hat.«

Lea versucht, sich aufzusetzen. Doch was ist das da an ihrem rechten Arm? Erstaunt guckt sie auf den weißen Gips, der vom Handgelenk bis über den Ellenbogen reicht.

»Du hast dir den Unterarm gebrochen«, sagt die Schwester. »Und dabei hast du noch Glück gehabt, es musste nicht mal operiert werden. Es hätte noch viel schlimmer kommen können. So ein Pferdetritt kann verdammt gefährlich sein.«

»Und wie lange muss ich das Ding tragen?«, fragt Lea entsetzt.

»Der Arzt sagt, mindestens sechs Wochen.«

»Sechs Wochen?!«

Lea starrt die Frau entgeistert an.

»Das geht nicht. In drei Wochen ist das Turnier. Bis dahin muss ich wieder reiten können.«
Die Krankenschwester lacht.
»Na, du hast vielleicht Probleme. Sei froh, dass dir nichts Schlimmeres passiert ist. Mit dem Reiten wirst du jetzt erst mal eine Weile aussetzen müssen.«
»Oh mein Gott, nein«, flüstert Lea. »Das Turnier. Die Mannschaft.«
Dass das ausgerechnet jetzt passieren musste!
Sie schluckt mühsam den Kloß in ihrem Hals herunter.
»Muss ich hierbleiben oder darf ich nach Hause?«
»Du darfst gleich nach Hause«, sagt die Schwester fröhlich. »Deine Eltern sind schon auf dem Weg. Bis sie hier sind, kannst du dich noch eine Weile ausruhen. Ich bringe sie dann zu dir.«
Sie verlässt das Zimmer und lässt Lea alleine zurück. Lea lehnt sich zurück und schließt die Augen. Sie kann es immer noch nicht fassen. Sechs Wochen lang ein Gips. Das bedeutet, dass es ein für alle Mal vorbei ist mit dem Goldenen Band. Es war alles umsonst. Das Training. Die Turniere. Der Streit mit Laura wegen Black Sun. Einfach alles. Alles umsonst.
Sie schließt die Augen.
Lea weiß nicht, wie lange sie dort gelegen hat, als ihre Eltern kommen.
»Liebes!«
Mareike eilt ins Zimmer und legt ihr die Hand auf die Stirn. »Hast du Schmerzen? Ich habe mich furchtbar erschreckt, als Laura angerufen hat.«
Stimmt, Laura hat ja ihre Eltern benachrichtigen wollen, erinnert sich Lea. Sie hat sich auch um White Star gekümmert.

»Wo ist Laura?«, fragt Lea.
»Sie ist zu Hause und wartet auf uns«, sagt ihr Vater. »Sie war völlig von der Rolle und ich habe erst gar nicht verstanden, was los ist.«
»Wie ist denn das genau passiert?«, fragt Mareike und guckt Lea forschend an. »Ist White Star durchgegangen? Hast du die Kontrolle über ihn verloren?«
Lea schüttelt den Kopf. »White Star kann überhaupt nichts dafür, Mama. Wirklich nicht. Ich habe einfach nicht aufgepasst. Das ist alles. Wie geht es ihm überhaupt?«
»Laura sagt, es ist alles in Ordnung mit ihm. Der Tierarzt soll morgen zwar zur Sicherheit nach ihm sehen, aber so wie es aussieht, hat er sich nichts getan.«
»Gott sei Dank.«
Leas Augen werden ganz schwer und in ihrem Kopf beginnt sich alles zu drehen.
»Ach mein Gott, du armes Kind«, sagt Mareike. »Du musst ja hundemüde sein nach der ganzen Aufregung. Wir bringen dich jetzt nach Hause und dann schläfst du dich erst mal ordentlich aus.«

Zu Hause angekommen, geht Lea geradewegs ins Bett und fällt in einen tiefen Schlaf. Die Beruhigungsmittel, die sie im Krankenhaus bekommen hat, zeigen ihre Wirkung. Nicht mal der blöde Gips hindert sie am Einschlafen.
Als sie am nächsten Morgen aufwacht, steht Mareike neben ihr. »Guten Morgen. Hast du Hunger? Möchtest du vielleicht frühstücken?«
Lea guckt ihre Mutter verwirrt an. Dann wirft sie einen Blick auf den Gips an ihren Arm. Ihre Miene verdüstert sich.

»Nein, danke. Ich habe keinen Hunger.«
»Auch nicht auf Croissants mit Marmelade?«, fragt Mareike lächelnd. »Überleg es dir genau.«
Lea reißt die Augen auf. Sie kann sich gar nicht mehr daran erinnern, wann es das letzte Mal Croissants zum Frühstück gegeben hat. Überhaupt, Frühstück! Selbst am Wochenende bedient sich sonst jeder selbst und nimmt sich aus dem Kühlschrank, was gerade da ist. Seitdem ihre Eltern sich selbstständig gemacht und die Agentur eröffnet haben, müssen sie eigentlich ständig arbeiten. Auch an Sonn- und Feiertagen. Für gemütliche Frühstücke ist da selten Zeit.
»Okay«, sagt Lea schließlich. »Ich komme gleich. Wie spät ist es denn jetzt?«
»Halb zehn.«
»Halb zehn? Aber ich muss doch zur Schule.«
»Zur Schule?« Mareike lacht. »Heute nicht. Heute ruhst du dich einfach nur aus.«
»Und Laura?«
Mareike zieht eine Grimasse.
»Die ist schon lange mit Papa weg. Hast du das Theater nicht gehört? Sag bloß.«
Lea schüttelt den Kopf. »Nein, glücklicherweise nicht.«
Mareike setzt sich neben sie an die Bettkante.
»Sei froh. Hast nichts verpasst. Heute Nachmittag ist übrigens auch noch Lauras Disziplinarausschuss. Papa geht mit ihr hin. Ich bin ja gespannt, was da rauskommt. Papa ist jedenfalls jetzt schon auf hundertachtzig. Mindestens!«
Lea steht langsam auf und versucht, sich ihr T-Shirt über den Kopf zu ziehen.
»Warte, ich helfe dir.« Mareike hilft ihr, das T-Shirt auszu-

ziehen, und gibt ihr eine kurzärmelige Bluse, in die Lea leichter mit ihrem Gips schlüpfen kann.
»So ein verdammter Mist«, meckert Lea. »Ich bin ja völlig behindert mit dem Teil.«
»Daran gewöhnst du dich schon«, tröstet Mareike sie. »Das ist alles nur eine Frage der Übung.«
»Vergiss es! Ich gewöhne mich nie an dieses blöde Ding. So ein verdammter Mist. Mist! Mist! Mist!«
Lea nimmt das Buch, das auf dem kleinen Tisch neben ihrem Bett liegt, und pfeffert es mit voller Wucht an die Wand. Es klatscht dagegen und rutscht dann wie ein Vogel, der gegen die Scheibe geflogen ist, bis auf den Fußboden.
Mareike guckt ihre Tochter erschrocken an.
»Lea, was ist denn mit dir los? So kenne ich dich ja gar nicht.«
»So kenne ich dich ja gar nicht«, äfft Lea sie genervt nach. »Du kennst mich doch überhaupt nicht. Wie auch? Ihr seid ja nie da!«
»Bitte?«
»Ihr – seid – nie – da«, wiederholt Lea langsam. Plötzlich machen sich der Frust und der Ärger der vergangenen Wochen und Monate in ihr Luft.
»Und wenn ihr da seid, dann geht es immer nur um Laura. Laura hier. Laura da. Laura oje. Und dann dieses ewige Geschrei. Ich kann es nicht mehr hören. Verstehst du? Ich – kann – es – nicht – mehr – hören!«
Lea schmeißt sich aufs Bett, ohne auf den Gipsarm zu achten, drückt ihr Gesicht ins Kopfkissen und schluchzt so heftig, dass ihr ganzer Körper bebt.
»Und jetzt kann ich noch nicht einmal auf dem Turnier star-

ten und habe der ganzen Mannschaft die Qualifikation versaut. Und alles nur wegen Laura. Laura! Laura! Laura!«
Mareike streichelt sanft über ihr Haar. »Aber Lea, es gibt doch noch so viele Turniere in deinem Leben.«
Lea setzt sich auf. »Aber doch nicht die Qualifikation für das Goldene Band!«, brüllt sie. »Verstehst du denn gar nichts? Wenn ich auf diesem Turnier nicht reiten kann, war die ganze Arbeit der letzten Wochen umsonst. Umsonst!«
Sie steht auf, schnappt sich die Jeans, die auf dem Stuhl vor ihrem Schreibtisch hängt, und zieht sie umständlich an. Dann läuft sie aus dem Zimmer die Treppe runter in den Flur.
Und jetzt?
White Star.
Sie muss zu White Star.
Er ist der Einzige, den sie jetzt sehen möchte.
Mareike folgt ihr in den Flur.
»Wo willst du hin?«
»Zu White Star«, murmelt Lea mit zusammengebissenen Zähnen und schlüpft in ihre Sandalen, die neben der Kommode stehen.
Wie gut, dass Sommer ist. Sie möchte sich gar nicht vorstellen, wie schwierig es ist, sich mit einem Gipsarm in Winterklamotten zu zwängen.
»Aber wie willst du denn dahin kommen?«, fragt Mareike. »Du kannst doch nicht mit dem Rad fahren.«
»Na und? Dann gehe ich eben zu Fuß.«
Lea öffnet die Tür und lässt sie mit einem lauten Knall hinter sich ins Schloss fallen.
Als sie ein paar Meter gegangen ist, hört sie Mareike hinter sich herrufen.

»Warte, ich fahre dich.«
Lea tut so, als ob sie nichts gehört hätte, und geht einfach weiter. Wenig später hört sie ein Auto hinter sich. Sie dreht sich um.
Mareike sitzt in ihrem hellblauen Mini Cooper und fährt langsam neben sie. Das Fenster geht herunter.
»Jetzt komm schon, ich fahre dich.«
Lea seufzt und steigt ein. Dann stiert sie schweigend aus dem Fenster.
Als sie am Stall angekommen sind, springt sie sofort aus dem Auto und geht zu dem Stall, in dem White Star und Black Sun stehen. Doch die Boxen sind leer. Erst jetzt fällt Lea ein, dass die beiden ja immer von morgens bis mittags auf der Koppel sind.
Sie holt sich zwei Leckerlis aus ihrem Spind und stapft los. Da die Koppeln der Reitanlage Freudenberg so weitläufig sind, muss Lea ein ganzes Stück gehen, bis sie bei den beiden Wallachen angekommen ist, die sich gemeinsam eine Weide teilen.
White Star hebt neugierig den Kopf, als er sie näher kommen sieht, und läuft langsam auf sie zu. Black Sun folgt ihm mit ein paar Meter Abstand.
»Meine Güte, das ist aber ein ganz schönes Stück Weg!«
Lea hat gar nicht gemerkt, dass ihre Mutter ihr gefolgt ist. Jetzt dreht sie sich zu ihr um. Mareike steht am Zaun und betrachtet die beiden Pferde, die jetzt am Tor stehen und darauf warten, dass Lea ihnen ein Leckerli gibt.
»Ach, da sind die beiden ja.«
»Erkennst du sie überhaupt noch wieder?«, fragt Lea sarkastisch.

»Wie meinst du das?«
»Na, du hast sie doch seit einer Ewigkeit nicht mehr gesehen.«
Mareike seufzt und streichelt White Star unsicher über die weiche Nase, die er ihr entgegenstreckt.
»Es tut mir leid, Lea. Ich bin einfach kein Pferdemensch und das weißt du auch.« Sie sieht Lea an. »Und ich werde ganz sicher auch keiner mehr werden. In meinem Alter.«
»Aber du könntest doch wenigstens mal fragen, wie es den beiden geht oder zumindest ab und zu nach ihnen sehen«, sagt Lea vorwurfsvoll. »Ihr interessiert euch überhaupt nicht für die Pferde. Und Laura jetzt auch nicht mehr.«
Mareike seufzt.
»Nein, Laura hat jetzt andere Sachen im Kopf. Schade eigentlich. Als sie noch geritten ist, war es wesentlich weniger anstrengend mit ihr. Aber vielleicht kommt das ja wieder. Sie macht im Moment einfach eine schwierige Phase durch.«
Lea öffnet mit der einen Hand das Gattertor und geht zu White Star. Der Schimmel hebt den Kopf und schnuppert an ihrem Haar.
»Und ich?« Lea dreht sich um.
»Und du?« Mareike guckt sie fragend an. »Was ist mit dir?«
»Habt ihr euch eigentlich schon einmal Gedanken darüber gemacht, wie es mir geht? Vielleicht mache ich ja auch gerade eine schwierige Phase durch und ihr merkt es nur nicht. Für euch gibt es nur noch Laura.«
Mareike tritt vorsichtig näher.
»Aber das stimmt doch gar nicht. Es ist doch nur so, dass Laura im Moment so viel Ärger macht. Allein dieses Theater in der Schule. Dann ist sie ständig abends unterwegs, ohne

dass wir wissen, wo sie steckt. Und ihr Benehmen zu Hause passt mir auch nicht gerade. Das musst du verstehen.«

»Ja sicher«, sagt Lea höhnisch. »Ich muss das verstehen. So wie ich immer alles verstehen muss. Ich wünschte, ihr würdet zur Abwechslung auch mal mich verstehen. Vielleicht sollte ich einfach auch anfangen, Probleme zu machen. Ich könnte ja schlechte Noten schreiben. Oder Ärger mit den Lehrern haben. Oder . . .« Sie macht eine bedeutungsvolle Pause. ». . . Drogen nehmen.«

»Lea!«, ruft Mareike entsetzt. »Hör sofort auf, so einen Unsinn zu reden.«

»Wieso Unsinn? Vielleicht ist es ja wirklich so, vielleicht muss man Ärger machen, damit andere auf einen aufmerksam werden. Für meinen Geschmack hat Laura im Moment ziemlich viele Leute, die sich um sie kümmern. Mehr als um mich auf jeden Fall.«

»Es tut mir so leid«, sagt Mareike leise. »Du hast recht. Wir haben es einfach als gegeben betrachtet, dass bei dir alles läuft. Du bist so herrlich unkompliziert.« Ein trauriges Lächeln legt sich auf ihr Gesicht. »Ganz im Gegensatz zu deiner Schwester.«

Sie streckt die Hand aus und streicht Lea über das verwuschelte Haar.

»Weißt du, für Papa und mich ist das alles im Moment auch nicht so leicht. In der Agentur ist viel zu tun und zu Hause wachsen uns die Dinge über den Kopf. Kann sein, dass wir da mal etwas nicht mitbekommen. Aber das hat überhaupt gar nichts damit zu tun, dass wir dich sehr, sehr lieb haben.«

Mareike lehnt sich an den Zaun. Sie legt den Kopf in den Nacken und guckt, wie am Himmel die Wolken vorbeiziehen.

»Papa und ich müssen viel Arbeit in die Agentur stecken, das geht gar nicht anders. Sie ist unsere Existenz, verstehst du? Wir tun das ja nicht nur für uns, wir tun das für uns alle.«

Sie wirft einen Blick auf Black Sun und White Star.

»Die Jungs da wollen ja schließlich auch regelmäßig ihr Futter haben. Offensichtlich ganz schön viel Futter, wenn ich so an unsere Kontoauszüge denke.«

Lea betrachtet nachdenklich die beiden Pferde. Ihre Mutter hat natürlich recht, Black Sun und White Star müssen auch bezahlt werden. Und bislang haben ihre Eltern das immer ohne Murren gemacht, auch wenn sie sich selbst kein bisschen für Pferde interessieren. Sie hat nie wirklich darüber nachgedacht, aber wahrscheinlich kostet es ein kleines Vermögen, Monat für Monat die Kosten für die beiden Wallache aufzubringen.

So wie ihre Eltern es als gegeben hingenommen haben, dass sie keine Schwierigkeiten macht, war es für sie immer ganz selbstverständlich, dass diese für White Star und Black Sun aufkommen.

»Und ganz ehrlich«, fährt Mareike fort. »Wenn ich nicht arbeiten würde, würde mir die Decke auf den Kopf fallen. Möchtest du vielleicht später den ganzen Tag zu Hause sein und nur für andere kochen und putzen?«

Lea schüttelt angewidert den Kopf. »Nein, ganz bestimmt nicht.«

»Und was Laura betrifft. Vielleicht kannst du es dir ja gerade nicht vorstellen, aber für sie ist es auch nicht einfach. Sie tut immer so cool, aber das ist alles nur die Fassade. Du hättest sie gestern am Telefon erleben sollen. Sie war fix und fertig, weil sie sich so schreckliche Sorgen um dich gemacht hat.«

»Sorgen? Um mich? Laura?«

Lea guckt ihre Mutter erstaunt an.

Kann das wirklich sein?

17. Kapitel

Wieder zu Hause angekommen, geht Lea in ihr Zimmer und schließt die Tür hinter sich. Der Ausflug hat sie mehr angestrengt, als sie gedacht hat. Sie legt sich in Klamotten aufs Bett und schließt die Augen, den schweren Gipsarm auf dem Bauch. Durch die geschlossene Tür hört sie, wie ihre Mutter unten im Wohnzimmer den Staubsauger anschmeißt. Lea lächelt. Sie kann sich nicht erinnern, wann Mareike das letzte Mal tagsüber zu Hause geblieben ist. Ob sie die Agentur schon vermisst?

Immer noch müde vom gestrigen Tag, fallen Lea nach wenigen Minuten die Augen zu. Sie wird erst wieder wach, als sie im Flur Stimmen hört. Dann ein Poltern. Und kurz danach wird ihre Tür aufgerissen.

»Hey, bist du endlich mal wach?«

Lea setzt sich langsam auf und sieht Laura im Türrahmen stehen.

»Jetzt schon.«

»Darf ich reinkommen?«

»Wenn du magst.«

Laura setzt sich auf den Stuhl gegenüber von Leas Bett und guckt aus dem Fenster. Eine Weile sitzen die Schwestern ganz still da. Einfach so. Dann bricht Laura das Schweigen.

»Tut es, äh, sehr weh?«

Sie deutet auf den Gips.

»Jetzt nicht mehr. Aber gestern Abend schon.«

»Wie, wie, wie ist denn das passiert? Ich meine, ich habe nur mitgekriegt, dass Conny plötzlich mit White Star auf dem Hof stand und gesagt hat, dass du gestürzt bist.«

Tja, wie ist das passiert? Lea schluckt und erinnert sich wieder daran, wie sie Tom und Laura über den Hof hat gehen sehen. Es tut immer noch weh, wenn sie daran denkt. Sie kann Laura die richtige Antwort einfach nicht geben.

»Was machst du eigentlich neuerdings ständig am Stall?«, fragt sie stattdessen.

Laura zuckt zusammen. »W-was ich am Stall mache? Gestern war ich, äh, mit Tom verabredet.« Sie guckt wieder aus dem Fenster, als gäbe es da etwas Spannendes zu sehen. »Aber du brauchst dich gar nicht aufzuregen. Ich mach das nicht, um dir eins auszuwischen.«

»Nicht?«

»Nein. Ehrlich nicht. Ich finde ihn nett. Und er scheint im Moment der Einzige zu sein, den wirklich interessiert, wie es mir geht.«

Lea beißt sich auf die Unterlippe. »Ist doch schön, wenn ihr euch so gut versteht«, sagt sie spitz.

»Tun wir wirklich. Er ist nett. Okay? Nett.« Laura verzieht das Gesicht. »Vor allem im Vergleich mit Alexander. Du hättest ihn mal erleben sollen, als ich mit ihm Schluss gemacht habe.«

»Du hast Schluss gemacht mit Alexander?«, fragt Lea ungläubig. »Ihr seid nicht mehr zusammen?«

»Genau. Er war an dem Abend so unmöglich zu mir, dass Tom fast auf ihn losgegangen wäre. Am nächsten Tag habe ich ihm gesagt, dass es aus ist.«

»Und . . . und du und Tom? Bist du jetzt mit ihm zusammen?« Es schmerzt Lea sehr, diese Worte auszusprechen.

Laura schüttelt den Kopf. »Zusammen? So richtig, meinst du? Nein, ich kann dich beruhigen. Sind wir nicht. Und das will ich auch gar nicht. Aber es hat mir gut getan, mit ihm zu reden. Tom ist ein guter Zuhörer und er hat auch viel zu sagen. Tom hat mir auch das von seinem Bruder erzählt.«

»Von seinem Bruder?«, fragt Lea leise. »Was denn?«

Laura guckt sie überrascht an.»Weißt du es denn nicht?«

Lea schüttelt den Kopf.

»Ich hoffe, ich habe mich jetzt nicht verplappert.« Laura stöhnt. »Ich scheine ja im Moment alles falsch zu machen.«

»Ach Quatsch, jetzt erzähl schon, ich behalte es für mich«, sagt Lea so ruhig wie möglich. Eigentlich würde sie jetzt am liebsten laut losschreien. Aber sie muss sich zusammenreißen. Sie will unbedingt wissen, was Tom ihr verschwiegen hat. Und warum hat Tom zu Laura mehr Vertrauen als zu ihr? Warum kann er Laura sagen, was er ihr nicht sagen kann? Was hat sie bloß falsch gemacht? Es ist zum Haareraufen!

»Tom hat mit mir über meine Probleme geredet«, sagt Laura leise. »Darüber, dass ich mir überall nur noch Ärger einhandele.« Sie wirft Lea einen Blick zu. »Er war ja schon ganz gut informiert. Na ja, dann hat er mir gesagt, dass sein älterer Bruder früher genauso war wie ich. Er hat nur gemacht, was er wollte, ist nicht mehr zur Schule gegangen, hat sich mit den Eltern gestritten, die ganze Palette eben. Nichts ausgelassen. Du weißt schon, was ich meine.«

Laura hält einen Moment inne.

»Und dann?«, fragt Lea. »Was ist mit ihm passiert?«

»Er ist in schlechte Gesellschaft gekommen und hat Drogen genommen. Eines Abends ist er auf Drogen Motorrad gefahren und hatte einen Unfall.«

Ein Schauder fährt Lea über den Rücken.
»Seitdem sitzt er im Rollstuhl.«
»Oh mein Gott, wie schrecklich«, sagt Lea entsetzt. »Der Arme.«
Laura kommt zu ihrem Bett und setzt sich neben sie.
»Du, Lea, können wir uns nicht wieder vertragen? Das mit Tom ist echt nicht so, wie du denkst, und wenn du willst, dass ich ihn nicht mehr sehe, dann treffe ich mich nicht mehr mit ihm. Das . . . das kriege ich schon hin.«
»Nein. Nein. Da mische ich mich nicht ein. Tom darf schließlich selbst entscheiden, mit wem er sich trifft«, sagt Lea leise. Sie nimmt eine Haarsträhne und wickelt sie sich um den Finger. »Er mag dich halt lieber als mich. Hat zu dir mehr Vertrauen als zu mir. Ist halt so.«
»Ich glaube, da liegst du falsch. Wenn ich mit ihm rede, habe ich nämlich immer das Gefühl, dass er sich bloß Sorgen um mich macht.« Sie lächelt unsicher. »Komisch, oder? Warum sollte er sich Sorgen um mich machen? Es besteht doch kein Grund, oder?« Laura legt die Hand auf Leas gesunden Arm. »Ich weiß sowieso nicht, was im Moment los ist. Irgendwie sind alle sauer auf mich.«
»Könnte das vielleicht auch an dir liegen?«, fragt Lea mit ironischem Unterton. »Ein bisschen wenigstens? Vielleicht?«
»Was soll das denn jetzt heißen?«
Laura guckt ihre Schwester fragend an.
»Na, was wohl«, seufzt Lea. »Überleg doch mal. Wenn alle sauer auf dich sind, dann könnte es ja sein, dass . . . dass der Fehler vielleicht bei dir liegt und nicht bei den anderen.«
»Ja, wer weiß, vielleicht hast du recht«, sagt Laura düster.

»Ich weiß auch nicht. Jedenfalls würde ich mich gerne wieder mit dir vertragen. Du fehlst mir so. Ich denke so oft an die alten Zeiten zurück, als wir alles zusammen gemacht haben. Weißt du noch? Das war so schön. Warum geht das denn nicht mehr?«

»Du bist gut«, murmelt Lea. »Ich mache doch, was wir immer getan haben. Du bist diejenige, die sich total verändert hat. Überall, wo du bist, gibt es Streit. Und zu mir bist du auch total ekelig geworden. Dabei habe ich dir gar nichts getan.«

»Hast du auch nicht«, sagt Laura. »Ich fürchte, ich war einfach manchmal ganz schön neidisch auf dich.«

»Neidisch? Auf mich?« Lea lacht bitter. »Warum? Weil du besser reiten kannst als ich? Weil du dich besser anziehst als ich? Weil du jeden Morgen, wenn du das Haus verlässt, wie ein Fotomodell aussiehst? Weil alle Jungs auf dich stehen?«

»Ach hör schon auf«, wehrt Laura verlegen ab. »Das ist doch Unsinn, was du da redest. Nein, ich war neidisch auf dich, weil du immer die Gute bist. Die, die alle nett finden. Die Lieblingstochter, die gut in der Schule ist und an der unsere Eltern Freude haben, während ich sie ständig enttäusche. Mama und Papa haben dich viel lieber als mich.«

»Auweia, das solltest du Mama sagen«, grinst Lea. »Ich habe ihr heute Morgen nämlich noch das genaue Gegenteil vorgeknallt.«

»Hä? Was redest du da?« Laura guckt sie verständnislos an. Große Augen, die Stirn in tiefe Falten gelegt.

»Na, ich hab mich die ganze letzte Zeit total schlecht gefühlt, da sich alle nur um dich kümmern, weil du gerade eine, wie Mama sagt, schwierige Phase durchmachst. Ich hatte das

Gefühl, dass sich kein Mensch für mich interessiert, weil ich keine Probleme mache. Ich habe Mama sogar angedroht, dass ich Drogen nehme, damit sie endlich auf mich aufmerksam werden. Du hättest ihr Gesicht sehen sollen, als ich das gesagt habe.«

»Wahnsinn.« Laura schlägt sich mit den flachen Händen auf die Oberschenkel und kichert laut los. »Mal ehrlich: Welche von uns beiden ist denn jetzt die Ärmere?«

Lea zuckt mit den Schultern. Das geht auch mit Gips.

»Keine Ahnung. Wahrscheinlich keine von uns beiden. Oder alle beide. Ach, was weiß denn ich.«

Sie seufzt. »Ich finde alles schrecklich kompliziert im Moment. Und du?«

»Das kannst du laut sagen.« Laura macht ein ernstes Gesicht.

»Ich habe mich wirklich schon besser gefühlt.«

»Mensch, Laura, wäre es nicht schön, wenn alles wieder so sein könnte wie früher?«

»Wenn das doch so einfach wäre. Ich kann irgendwie nicht mehr jeden Tag am Stall sein.«

»Und Black Sun?«

Laura steht auf und geht ans Fenster. »Glaub bloß nicht, dass ich kein schlechtes Gewissen habe. Ich weiß, dass ich ihn vernachlässige, andererseits ertrage ich es nicht, wenn jemand anders ihn reitet. Außer dir. Das ist irgendwie etwas anderes. Du bist meine Schwester. Aber sonst fällt es mir schwer, mir vorzustellen, dass ein anderer auf ihm sitzt.«

»Bist du deshalb zum Stall gekommen? Um Black Sun zu sehen?«

»Nein. Gekommen bin ich, weil Tom unbedingt wollte, dass

wir uns dort treffen. Sonst hätte ich mich nie dorthin getraut.«
»Nicht dorthin getraut? Wieso denn nicht?«
»Mensch, überleg mal. Mir ist doch klar, wie ihr über mich redet, von wegen, dass ich mich nicht um mein Pferd kümmere, wie sehr ich mich verändert habe und all das. Laura, die Tussi.« Laura lacht bitter. »Vor Kurzem habe ich ja noch genauso über andere geredet. Deshalb bin ich auch nie zu Black Sun in den Stall gegangen, als ich dort war. Irgendwie hätte ich es nicht ertragen, ihn zu sehen. Wenn ich ihn nicht sehe, ist es einfacher, dann habe ich kein so schlechtes Gewissen. Als ich gehört habe, dass Sina ihn jetzt reitet, war ich echt stinksauer auf dich.«
»Und jetzt?«
Laura überlegt einen Moment lang.
»Objektiv gesehen würde ich sagen, dass es besser für ihn ist. Aber trotzdem ist es noch ein blödes Gefühl.« Sie lächelt etwas schief. »Aber ich werde mich bestimmt daran gewöhnen. Irgendwann. In hundert Jahren. Oder so.«
»Das musst du gar nicht«, sagt Lea. »Das Goldene Band ist sowieso gelaufen. Die Benedikts haben in diesem Jahr eine ziemlich hohe Ausfallquote. Glatte hundert Prozent. Erst schmeißt du das Handtuch und dann muss ich mir auch noch unbedingt vor der letzten Qualifikation den Arm brechen. Sina muss also nicht mehr Black Sun reiten, sondern kann in Ruhe darauf warten, dass ihr Bounty Bay sich wieder erholt. So spielt das Leben.«
Lea stellt zu ihrem großen Erstaunen fest, dass der Schmerz über die verpasste Teilnahme an dem Wettbewerb nicht so wehtut wie der Verlust von Tom.

»Oh weh, stimmt ja. Das hatte ich ganz vergessen. Das tut mir schrecklich leid für euch«, sagt Laura. »Ehrlich.«

»Ist schon in Ordnung. Vielleicht klappt es ja im nächsten Jahr. Oder so.« Lea schwingt die Füße aus dem Bett und setzt sich aufrecht hin. »Obwohl natürlich kein Mensch sagen kann, ob wir noch einmal so einen unglaublichen Lauf haben wie in diesem Jahr. Aber lassen wir das.«

»Und wenn wir es nicht lassen?« Laura guckt ihre Schwester herausfordernd an.

»Was soll das denn heißen?«

»Na, wenn ihr trotzdem bei der Qualifikation startet? Bis zum Goldenen Band bist du bestimmt wieder fit. Es muss euch doch nur gelingen, dass die Mannschaft sich qualifiziert. Habe ich recht?«

»Ja, schon. Aber wie soll das bitte gehen?«

»Ja, wie wohl? Hast du vergessen, dass ich mal eine ganz passable Reiterin war? Das verlernt man nicht so schnell. Hoffe ich wenigstens.«

»Du?«

Lea guckt ihre Schwester entgeistert an. Ist Laura jetzt von allen guten Geistern verlassen?

»Willst du etwa Black Sun reiten?«

»Nicht Black Sun«, sagt Laura wehmütig. »Den reitet doch Sina. Und jetzt haben die beiden sich schon aneinander gewöhnt. Also, da will ich mich ehrlich nicht dazwischendrängen. Wie sähe das denn aus?«

»Und wen willst du dann reiten? Mensch, Laura, ich bin ganz durcheinander.«

»Ich könnte doch White Star reiten. Was meinst du?« Laura schaut ihr gerade in die Augen.

Lea fällt die Kinnlade nach unten. Eine Weile sitzt sie einfach nur sprachlos da.

»Du willst White Star reiten?«, fragt sie schließlich, vor Staunen ganz matt.

Laura macht eine vage Handbewegung. »Natürlich nur, wenn es dir nichts ausmacht, dass jemand anders auf deinem Pferd sitzt. Ist ja klar.«

Lea könnte schwören, dass es in Lauras Augen teuflisch aufblitzt, als sie das sagt. Sie schluckt. Es ist tatsächlich gar nicht so einfach, jemanden auf seinem Pferd reiten zu lassen, auch wenn man gerade gar nicht selber reitet.

Andererseits kennt Laura White Star gut. Früher haben die beiden Schwestern oft Pferde getauscht und Laura kommt hervorragend mit dem Schimmel zurecht.

»Aber dann müsstest du regelmäßig trainieren. Schaffst du das denn?«

»Für die paar Wochen wird es schon gehen«, sagt Laura. »Wenn ich weiß, dass es nicht für ewig ist, dann ist es okay. Ich mag das echt nicht mehr, den ganzen Tag in Reitklamotten rumlaufen. Allerdings müsstest du mit Papa reden. Er hat mir nämlich so ziemlich alles verboten, bis ich das mit der Schule wieder auf die Reihe gebracht habe. Richtig auf die Reihe gebracht. Und diesmal meint er es wirklich ernst. Da gibt es kein Vertun.«

Lea fällt siedend heiß ein, dass heute ja Lauras Disziplinarausschuss getagt hat.

»Wie war es heute eigentlich?«

»Bei diesem Ausschuss? Geht so. Von der Schule schmeißen werden sie mich nicht. Aber ich muss jetzt bis zum Ende des Schuljahres immer unaufgefordert meine Hausaufgaben vorlegen, darf nicht mehr im Unterricht reden und muss meine Noten verbessern.« Laura stöhnt auf. »Ganz schön happig, was? Die waren nicht gerade nett zu mir. Scheinen ziemlich die Nase voll von mir zu haben.«

»Das schaffst du schon«, tröstet Lea sie. »Und wenn du das wirklich vorhast, ich meine mit der Qualifikation, dann kann ich Papa ganz bestimmt überreden. Mama hat heute ohnehin gesagt, dass alles viel einfacher mit dir war, als du noch geritten bist. Könnte also sein, dass es Papa ganz gut gefällt, wenn du wieder ein Hobby hast. Außer Ausgehen, meine ich.«

»Haha«, sagt Laura trocken. »Sehr witzig, Schwesterchen. Was meinst du, wollen wir deine Teamkameradinnen mal fragen, was sie von der Idee halten?«

Lea nickt und ein Lächeln huscht ihr über das Gesicht. »Super Idee, Schwesterherz. Ich frage Mama, ob sie uns zum Stall fährt.«

18. Kapitel

Mareike ist zwar erstaunt, fährt ihre Töchter aber ohne weiter nachzufragen zum Stall und lässt sie vor dem Eingang zum Hof aussteigen. Conny, Sina und Paula sitzen unter dem Kastanienbaum und ziehen ein Gesicht wie sieben Tage Regenwetter.

Erstaunt blicken sie auf, als sie die beiden Schwestern einträchtig auf sich zukommen sehen.

»Sieh mal an, das doppelte Lottchen ist wieder unterwegs«, sagt Conny. »Was ist denn mit euch los? Ich habe euch ja schon ewig nicht mehr zusammen gesehen! Was macht dein Arm, Häschen? Sieht aus, als hätten sie ihn in Zuckerwatte gepackt!«

»Lass uns nicht drüber reden, Conny. Okay? Und dass Laura und ich hier im Doppelpack erscheinen, daran wirst du dich wieder gewöhnen müssen«, sagt Lea geheimnisvoll. »Wir möchten euch nämlich einen Vorschlag machen.«

»Hört, hört«, sagt Conny. »Die beiden Geschwister Fürchterlich möchten uns einen Vorschlag machen. Dann schießt mal los. Peng! Peng!«

»Es wäre doch wirklich verdammt schade«, beginnt Lea, »wenn wir nicht zur Qualifikation fahren. Jetzt, wo wir schon so weit gekommen sind. Das geht einfach nicht. Wir müssen uns unbedingt für das Goldene Band qualifizieren.«

»Sag mal, ich dachte, du hättest dir nur den Arm gebrochen. Bist du etwa auch auf den Kopf gefallen? Hat deine Verstandeskraft gelitten?«, fragt Conny. »Wie sollen wir uns denn um Himmels willen qualifizieren, wenn du nicht dabei bist?

Zu dritt? Hey, liebe Leute! Conny reitet heute zweimal. Tut aber bitte so, als würdet ihr's nicht merken!«
»Quatsch«, sagt Lea. »Ihr braucht einen Ersatz für mich, ist doch klar. Und eigentlich ganz einfach.«
»Ach ja, einen Ersatz. Wenn es weiter nichts ist. Für meinen Geschmack hatten wir schon ganz schön viel Ersatz. Erst brauchten wir einen Ersatzreiter samt Pferd und dann ein Ersatzpferd. Alles kein Problem. Da werden wir ja jetzt auch noch einen weiteren Ersatzreiter aus dem Hut zaubern können. An wen hattest du denn gedacht?«
»Mensch, hast du vielleicht eine lange Leitung, Conny! Lang, länger, ganz lang. Tuut! Tuut!« Lea ahmt ein Telefon nach, in bester Conny-Manier. »Nimmt keiner ab?«
»Hey«, sagt Conny beleidigt. »Das ist eigentlich mein Witz. Ich hab da so 'ne Art Copyright drauf. Geistiges Eigentum. Schon mal gehört?«
»Also?«, fragt Paula, ohne sich groß um Connys Sprüche zu kümmern. »Wer soll deiner Meinung nach diesmal unser Ersatz sein?«
Lea deutet auf ihre Schwester. »Na wer wohl? Laura natürlich.«
»Laura«, sagen Conny, Paula und Sina wie aus einem Munde und starren die Zwillinge an.
Laura windet sich unter ihren Blicken und lächelt verlegen. Sie wird sogar ein wenig rot.
»Ich, also, ich meine, natürlich nur wenn ihr einverstanden seid. Dann würde ich . . .«
». . . die Qualifikation an meiner Stelle reiten«, beendet Lea den Satz.
Conny kratzt sich nachdenklich an der Nase.

»Ja gut, dann würdest also du Black Sun reiten. Das bringt uns aber immer noch nicht weiter, weil Sina dann nämlich wieder ohne Pferd dasteht. Soll sie über die Hindernisse *klettern?«*

»Nein, keine Sorge, Sina reitet natürlich Black Sun, wie abgesprochen. Jetzt, wo die beiden sich gerade aneinander gewöhnt haben«, sagt Laura beruhigend.

Conny guckt Paula und Sina an und zuckt mit den Schultern.

»Mir wird das langsam zu kompliziert. Wie Mathe in der sechsten Stunde. Oder versteht ihr etwa, wie die beiden sich das vorstellen? Ich meine: Könnt ihr folgen?«

Sina und Paula schütteln den Kopf.

»Ist doch ganz einfach«, sagt Lea mit triumphierendem Blick. »Laura reitet natürlich White Star.«

»Moment mal!« Conny starrt die Schwestern mit großen Augen an. »Nur, um sicherzugehen, dass ich es begriffen habe: Sina reitet weiterhin Black Sun und Laura reitet White Star?«

Sie lässt ihren Blick ungläubig zwischen Lea und Laura hin und her wandern.

Die beiden Schwestern nicken. Wie im Takt.

Plötzlich zieht sich ein breites Grinsen über Connys Sommersprossengesicht.

»Hey, Leute, wisst ihr was? Das ist die beste Idee, die ich seit Langem gehört habe. So funktioniert es bestimmt.«

»Hoffentlich«, sagt Laura schnell, froh, Connys Segen bekommen zu haben. »Ein bisschen aus der Übung bin ich nämlich schon. Seid also bitte nicht sauer, wenn ich es vermassele.«

»Sauer?«, fragt Conny unschuldig. »Wer redet hier von sauer? Wenn du es vermasselst, musst du auf Lebenszeit Pferdeställe auf Freudenberg ausmisten und immer nach Mist stinken. Streng dich also an.«

»Oh weh«, sagt Laura. »Worauf habe ich mich da bloß eingelassen?«

Conny springt auf und geht zu ihr. »Für einen Rückzieher, meine Liebe, ist es jetzt zu spät. Komm, wir sagen gleich Myles Bescheid. Der wird bestimmt verrückt vor Freude.«

Die fünf Mädchen laufen, so schnell sie können, zum Springplatz, wo Myles einem Mädchen auf einer wunderschönen Fuchsstute Unterricht gibt.

»Seht mal, Elisa hat Training bei ihm. Ob wir warten sollen, bis er fertig ist?«

»Warum nicht? Dann können wir uns doch noch ein bisschen ins Reiterstüberl setzen«, schlägt Conny unternehmungslustig vor. »Ich lade euch auch alle auf eine Cola ein. Oder sagen wir lieber: Papa lädt euch ein. Ich bin nämlich gerade ziemlich knapp bei Kasse. Ich lasse es einfach auf seinen Deckel schreiben.« Sie zwinkert schelmisch.

Fröhlich plappernd ziehen sie ins Reiterstüberl, das gerade geöffnet hat. Während die anderen sich setzen, geht Conny zum Tresen und ordert fünf Cola. Als die Bedienung die Getränke auf dem Tisch abgestellt hat, stoßen die fünf lautstark miteinander an.

»Mensch echt, dass wir jetzt doch noch zur Qualifikation können«, grölt Conny überglücklich. »Das ist eine richtige Heldentat von dir, Laura. Kannst eigentlich schon mal Lorbeer pflücken gehen. Für deinen Heldenkranz.«

»Und es macht dir wirklich nichts aus, dass ich Black Sun

reite?«, fragt Sina schüchtern. »Du kannst ruhig ehrlich sein. Ich könnte das gut verstehen. Er ist ein tolles Pferd.«
»Nein, ist schon okay«, sagt Laura. Glücklich sieht sie allerdings nicht gerade aus dabei.
»Vielleicht möchtest du ihn ja doch selbst reiten?«
»Jetzt hör doch auf, Sina«, funkt Conny dazwischen. »Wir haben überhaupt nichts davon, wenn Laura Black Sun reitet. Dann hast du doch wieder kein Pferd.«
»Ich könnte doch vielleicht, äh, natürlich nur, wenn Lea nichts dagegen hat, White Star reiten.«
Am Tisch ist es plötzlich mucksmäuschenstill geworden. Lea guckt Sina erstaunt an. Auf die Idee ist sie noch gar nicht gekommen. Ihr Blick wandert zu Laura. Ob ihre Schwester das Angebot annimmt? Ihr wäre es zwar lieber, wenn Laura White Star reitet, weil die beiden sich schon so lange kennen, aber sie muss es wohl akzeptieren, wenn sie sich anders entscheidet.
Zu ihrer Erleichterung schüttelt Laura den Kopf.
»Nein, es bleibt alles so, wie wir es gesagt haben, ich reite White Star und du Black Sun. Du hast dich gerade an Black Sun gewöhnt und ich kenne White Star sehr gut und weiß, wie er zu reiten ist. Wenigstens wusste ich es mal . . .«
»Dann wäre das ja geklärt«, sagt Conny schnell. »Und so, wie wir es jetzt besprochen haben, so bleibt es auch, ja? Bitte, Leute, noch mehr Änderungen verkrafte ich einfach nicht. Lasst uns darauf anstoßen. Und dass sich bitte niemand von euch verletzt. Das könnt ihr übrigens auch euren Pferden sagen.«

»Danke, dass du abgelehnt hast, Black Sun zu reiten«, sagt Lea später, als sie das Stüberl wieder verlassen. Conny, Paula und Sina stürmen schon vor zu Myles, während die bei-

den Schwestern ein Stück zurückgefallen sind. »Das war sehr nett von dir.«
»Das war nicht nett«, sagt Laura mit Schärfe in der Stimme. »Eigentlich hättest du es verdient gehabt, dass Sina White Star reitet. Schließlich hast du ja auch die Sache mit Black Sun auf dem Gewissen.«
»Und warum hast du es mir dann nicht heimgezahlt? Es hätte niemand etwas dagegen einwenden können.«
»Nein, aber ... Ach, ich weiß nicht, ich wollte Black Sun einfach nicht reiten. Kannst du das nicht verstehen?«
Sie dreht den Kopf zur Seite und schweigt. Lea überlegt einen Moment lang. Vielleicht versteht sie wirklich, was ihre Schwester meint. Mit White Star zu trainieren und auf ein Turnier zu gehen, ist für Laura mehr so eine Art Episode, die irgendwann wieder vorbei ist. Es wäre etwas völlig anderes, wenn sie plötzlich wieder mit ihrem eigenen Pferd voll einsteigen würde. Entweder oder, denkt Lea. Laura liebt Black Sun offensichtlich immer noch sehr, und wenn sie jetzt wieder anfangen würde, ihn zu reiten, würde sie nur schwer wieder von ihm loskommen.
»Sieh mal da«, unterbricht Laura Leas Gedanken. »Dahinten ist Tom. Lass uns doch mal zu ihm gehen. Tom!«
Lea guckt in die Richtung, in die ihre Schwester deutet. Stimmt. Dahinten vor Stall drei steht Tom und unterhält sich gerade mit Jana, dem Stallmädchen. Er lächelt, als er Laura seinen Namen rufen hört.
Lea steht unschlüssig da und denkt nach. Soll sie oder soll sie nicht? Sie überlegt fieberhaft.
»Nein, geh du alleine«, sagt sie dann. »Ich sehe lieber mal nach, ob die anderen Myles schon gefunden haben.«

Bevor Laura etwas darauf entgegnen kann, dreht sie sich auf dem Absatz um und geht in die andere Richtung. Sie hat sich zwar mit ihrer Schwester wieder vertragen und ist Laura mehr als dankbar, dass sie statt ihrer in der Qualifikation reitet, aber das hat nichts mit ihren Gefühlen für Tom zu tun. Laura kann sagen, was sie will, für Lea ist es klar, dass er etwas für ihre Schwester empfindet. Es wird wohl noch einige Zeit vergehen, bis sie damit klarkommt, die beiden zusammen zu sehen.
Lea holt tief Luft. Um ehrlich zu sein, jetzt in diesem Moment kann sie sich nicht vorstellen, dass sie überhaupt irgendwann damit klarkommen wird.

19. Kapitel

Ihr seid auch wirklich nicht böse, dass wir heute nicht zugucken?«
Mareikes Blick wandert von Laura zu Lea.
Die Mädchen schütteln den Kopf.
»Schon gut, Mama«, lächelt Lea, die merkt, dass ihr letztes Gespräch nicht spurlos an ihrer Mutter vorübergegangen ist. »Wir wissen, dass ihr dringend arbeiten müsst.«
Ihr Vater kommt zu ihnen in die Küche. Er geht zu Mareike und drückt ihr einen zärtlichen Kuss auf die Wange.
Laura und Lea gucken sich an und kichern.
»Tststs«, sagt Laura. »Seid ihr nicht ein bisschen zu alt zum Knutschen?«
Ihr Vater droht ihr spielerisch mit dem Zeigefinger.
»Sei nicht so frech, Fräulein, sonst muss ich doch wieder Ausgehverbot für dich einführen.«
»Ooops.« Laura hält sich die Hand vor den Mund. »Ich habe nichts gesagt. Kein Sterbenswörtchen. Oder hast du etwas gehört, Lea? Außer diesem leichten Schmatzen eben, meine ich.«
Lea lehnt sich lachend auf ihrem Stuhl zurück. So entspannt wie in den letzten drei Wochen war es schon eine Ewigkeit nicht mehr bei ihnen zu Hause. Laura ist zwar immer noch keine begeisterte Schülerin, macht aber wenigstens wieder regelmäßig ihre Hausaufgaben und hat im letzten Mathetest sogar eine Drei geschrieben. Das ist auch der Grund, warum ihr Vater das Ausgehverbot vorzeitig aufgehoben hat. Trotz der vielen Arbeit zeigen ihre Eltern außerdem endlich wieder

Interesse daran, was ihre Töchter so machen. Selbst wenn sie jetzt nicht mit zum Turnier kommen können, fragen sie doch immer nach und halten sich auf dem Laufenden.
Als sie gerade fertig mit Frühstücken sind, hupt es draußen. Lea guckt aus dem Fenster und sieht einen dunkelblauen BMW vor dem Gartentor stehen.
»Da sind Paula und ihr Vater. Wir müssen los, Laura.«
Die beiden Mädchen laufen nach draußen und steigen in das Auto. Paula dreht sich vom Beifahrersitz aus zu ihnen um.
»Ist dieses frühe Aufstehen nicht schrecklich? Manchmal frage ich mich wirklich, warum ich Turniere reite.«
»Lass das bloß nicht Conny hören«, kichert Lea. »Ich glaube, sie würde durchdrehen, wenn du jetzt auch noch mit solchen Sprüchen anfängst.«
Laura und Paula haben schon Turnierkleidung an und sehen richtig sportlich aus. Lea kommt sich ihnen gegenüber ziemlich langweilig vor mit ihrer verwaschenen Jeans und dem hellblauen Top. Wie gerne sie heute reiten würde! Aber nein, da ist immer noch dieser weiße Betonklotz an ihrem Arm.
Sina und Conny haben Black Sun und Filou schon draußen am Anbindebalken angebunden, als sie auf Freudenberg ankommen. Die beiden Wallache sehen richtig chic aus mit ihrer eingeflochtenen Mähne. Die Mädchen haben ihre Pferde schon gestern Abend hergerichtet, damit sie heute Morgen rechtzeitig loskommen.
Lea geht zu White Star und legt ihm das Halfter an. Obwohl sie nur einen Arm zur Verfügung hat, kann sie das mittlerweile ohne die Hilfe anderer. Das liegt zum einen daran, dass sie immer geschickter wird, zum anderen aber auch an

White Star, der seit dem Unfall noch sanfter zu Lea ist, als er es ohnehin schon immer gewesen ist.
»Man könnte wirklich glauben, er nimmt Rücksicht auf dich.«
Laura ist zu ihnen an die Box gekommen und sieht ihr zu, wie sie den Wallach aus der Box holt.
»Tut er auch«, sagt Lea. »Er weiß ganz genau, dass ich im Moment etwas eingeschränkt bin.«
Laura guckt sie zweifelnd an. »Meinst du wirklich?«
Lea nickt. »White Star ist ein extrem sensibles Pferd.« Sie dreht sich zu dem Wallach und streichelt ihm über die weiche Nase. »Er ist wirklich was ganz Besonderes.«
»Dann ist es ja eine echte Ehre, dass ich ihn reiten darf«, sagt Laura und bückt sich, um White Star die Transportgamaschen anzulegen.
»Kann man so sagen.« Lea fettet einhändig schnell noch einmal die Hufe ein. »Und dass du bloß gut mit ihm umgehst.«
»Keine Sorge, ich passe schon auf ihn auf.« Laura seufzt leise. »Ich weiß, wie schwer es ist, sein Pferd unter einem anderen Reiter zu sehen. Glaub mir.«
Sie dreht sich um und geht in die Sattelkammer, um White Stars Sattelzeug zu holen. Lea guckt ihr nachdenklich nach. Die letzten beiden Wochen dürften nicht so einfach für Laura gewesen sein, schließlich hat sie Seite an Seite mit Sina trainiert. Und Sina und Black Sun sind in der letzten Zeit richtig zusammengewachsen und geben ein gutes Team ab. Das zu akzeptieren, muss eine harte Nuss für Laura sein. Eigentlich schlägt sie sich dafür ganz wacker. Lea hat sie beobachtet und sich oft gefragt, ob Laura vielleicht wieder auf den Geschmack kommen könnte, Turniere zu reiten. Aber

ihr Entschluss scheint bombenfest zu sein. In ihrem Zimmer liegen noch stets lauter Beauty-Magazine und sie geht jeden Morgen geschminkt wie ein Top-Model in die Schule. Für Lea eine rätselhafte Sache.

»Hey, bist du hier eingefroren oder was?« Laura kommt mit dem Sattelzeug wieder. »Ich bringe das in den Transporter. Du kannst ja White Star schon mal auf den Hof führen.«

Lea führt White Star hinaus. Draußen steht schon der große rote LKW von Connys Vater. Der läuft aufgeregt zwischen den Pferden herum und fragt jeden, ob er noch etwas tun kann. Lea lächelt. Connys Vater ist wirklich immer voll dabei, wenn sie aufs Turnier gehen.

Wenig später sind alle Pferde eingeladen. Paula und Lea steigen bei Paulas Vater ins Auto, während die anderen sich mit Myles in den LKW quetschen.

Gott sei Dank müssen sie heute nicht so weit fahren und sind bald schon am Ziel. Lea ist nämlich mächtig aufgeregt und spürt die ganze Zeit ein komisches Flattern im Bauch. Wenn doch nur das Turnier schon vorbei wäre und sie wüsste, ob die Mannschaft sich für das Goldene Band qualifiziert hat!

Den anderen scheint es auch nicht besser zu gehen. Conny ist so aufgeregt, dass sie die ganze Zeit nur unsinniges Zeug plappert – noch unsinniger als üblich – und damit allen schrecklich auf die Nerven geht. Paula ist noch ruhiger als sonst. Und Sina wiederum ist so nervös, dass sie ständig etwas fallen lässt. Beim Ausladen hört man es in ihrer Nähe immer wieder poltern.

»Ich habe schreckliche Angst, dass ich etwas falsch mache und der Mannschaft alles versaue«, gesteht sie Lea in einem ruhigen Moment.

»Ach Quatsch, das wirst du schon nicht«, beruhigt Lea sie. »Und selbst wenn, das kann doch jedem passieren. Es wird dir schon niemand den Kopf abreißen deswegen.«
Sina guckt zu Conny rüber und flüstert: »Da wäre ich mir, ehrlich gesagt, nicht so sicher. Du musst mich vor ihr beschützen, wenn ich einen Fehler mache. Versprichst du mir das? Ja?«
Lea lacht. Conny ist wirklich ziemlich anstrengend im Moment. Außer von der Qualifikation für das Goldene Band spricht sie schon seit Wochen von nichts anderem mehr. Aber Lea weiß, dass ihre Freundin trotz der starken Sprüche das Herz am rechten Fleck hat und niemandem einen Vorwurf machen würde, wenn etwas schiefgehen würde.
Plötzlich guckt sich Lea suchend um. »Sag mal, Sina, hast du Laura gesehen?«
Sina schüttelt den Kopf. »Schon eine ganze Weile nicht mehr. Vorhin hat ihr Handy geklingelt und danach ist sie verschwunden. Sie hat gesagt, dass sie jemanden treffen muss und dann sofort wiederkommt.«
Tatsächlich taucht Laura fünf Minuten später wieder auf. Trotz der Aufregung liegt ein Lächeln auf ihrem Gesicht, und als sie White Star sattelt, pfeift sie sogar. Eine ziemlich fröhliche Melodie.
Ob sie sich mit Tom getroffen hat? Lea schiebt den Gedanken so schnell beiseite, wie er gekommen ist. Bloß weg damit.
»Okay, Mädels, dann wollen wir uns mal die Geländestrecke ansehen. Seid ihr bereit?«, fragt Myles, als alle ihre Pferde gesattelt haben.
Lea nimmt White Stars Zügel. »Geh du ruhig, ich halte ihn solange fest«, sagt sie zu ihrer Schwester.

»Soll ich ihn nicht lieber wie die anderen solange im Transporter anbinden?«, fragt Laura mit einem Blick auf Leas Arm.

»Nein, es gefällt ihm bestimmt besser, wenn ich ein bisschen mit ihm spazieren gehe. Er wird sich schon benehmen, keine Sorge. Auf White Star ist Verlass.«

20. Kapitel

»Ho, White Star. Gleich darfst du ja laufen.«
Lea führt den Schimmel mit ihrem gesunden Arm und sieht sich ein wenig auf dem Turnierplatz um. Wenn die Mannschaft heute gut ist, hat sie die Qualifikation für das Goldene Band in der Tasche. Lea wagt gar nicht daran zu denken. Wenn ...
Was für eine Chance!
White Star tänzelt leicht auf der Stelle und schnaubt aufgeregt. Das Gelände ist neben der Dressur eine der großen Stärken des Wallachs. Da er weiß, dass es bald losgeht, bebt er vor Aufregung am ganzen Körper und wirft immer wieder den Kopf in die Höhe. Wie gerne würde Lea sich jetzt auf seinen Rücken schwingen und mit ihm über die Geländehindernisse fliegen!
Doch jetzt liegt es erst einmal an ihrer Schwester, der Mannschaft die Qualifikation zu ermöglichen. Laura und White Star sind mittlerweile ein eingespieltes Team und wirken so, als würden sie schon jahrelang zusammen auf Turniere gehen. Lea hat in den letzten beiden Wochen immer wieder einen Anflug von Neid verspürt, wenn sie den Schimmel mit ihrer Schwester über die Hindernisse hat fliegen sehen. Manchmal hat sie sich insgeheim sogar gewünscht, er würde es Laura nur ein klitzekleines bisschen schwerer machen. Aber das hat sie natürlich niemandem gesagt. Genauso, wie sie niemandem von ihrem Kummer wegen Tom erzählt hat. Jetzt glauben alle, dass sie längst über ihn weg ist. Lea lässt sie in diesem Glauben.

»Geht das mit deinem Arm oder soll ich ihn halten?«
Lea dreht sich um.
Tom!
»Oh, äh, nein, danke, das geht schon. Er tut ein bisschen wild, aber er lässt sich ganz leicht halten. Vor dem Gelände ist er immer etwas nervös. Das ist alles.«
Lea lächelt unsicher. Sie hat seit Wochen nicht allein mit Tom gesprochen. Die ganze Zeit über ist es ihr gelungen, ihm elegant aus dem Weg zu gehen.
»Sag mal, habe ich dir eigentlich irgendwas getan? Warum bist du so sauer auf mich?« Tom sieht sie fragend an.
»Wieso, was sollst du mir getan haben? Ich bin nicht sauer auf dich«, sagt Lea so lässig wie möglich. Sie findet Toms Frage reichlich seltsam. Was erwartet er eigentlich von ihr?
Tom tritt einen Schritt näher.
»Da bin ich aber froh, ich habe mir nämlich schon ziemliche Gedanken gemacht. Wir haben uns doch immer so gut verstanden. Und plötzlich willst du gar nichts mehr von mir wissen. Du gehst mir sogar richtig aus dem Weg. Hat es vielleicht damit zu tun . . .« Er wirft einen Blick zu Laura, die gerade ein paar Meter entfernt von ihnen einen Steilsprung begutachtet.
». . . dass du mit Laura zusammen sein willst?«, platzt Lea gegen ihren Willen heraus.
»Bitte?« Tom guckt sie mit riesig großen Augen an.
»Ich sagte, dass du mit Laura zusammen sein willst. Wo die Liebe hinfällt. Dagegen kann man wohl nichts machen.« Lea versucht, ganz cool zu klingen, obwohl ihr zum Heulen zumute ist. Es ist wirklich zum Verrücktwerden! Jedes Mal, wenn sie Tom sieht oder auch nur an ihn denkt, werden

schier unerschöpfliche Wasserreserven in ihrem Körper freigesetzt. Als wäre da irgendwo ein Stausee, dessen Schleuse nur Tom öffnen kann. Sie dreht sich schnell um, damit er bloß nicht mitkriegt, wie sich die Tränen in ihren Augen sammeln.

»Lea . . .«

Tom legt ihr von hinten die Hand auf die Schulter. »Was sagst du denn da? Lea, wir müssen dringend miteinander reden.«

Lea macht sich mit einer heftigen Bewegung von ihm los und dreht sich um.

»Wir müssen dringend miteinander reden«, äfft sie ihn nach. »Was willst du denn mit mir bereden? Dass du plötzlich doch auf hochhackige Schuhe und Miniröcke stehst? Dass meine Schwester einfach unglaublich ist? Wir haben nichts mehr miteinander zu reden. Wenn wir es überhaupt jemals hatten.«

Tom macht noch einen Schritt auf sie zu.

Doch sie weicht zurück. Sie wird plötzlich ganz kribbelig. Warum ist eigentlich immer sie diejenige, die sich beherrscht und die vernünftig ist? Wozu? Als würde sich das jemals auszahlen!

»Lass mich zufrieden!« Langsam bricht alles aus ihr heraus, Wut, Sehnsucht, Enttäuschung. Sie spürt, wie ihr die Tränen kommen. »Ich möchte dich nicht mehr sehen, hast du mich verstanden. Nie wieder!«

Sie packt White Stars Zügel noch fester und durchbohrt Tom förmlich mit ihrem Blick.

»Und dass du es nur weißt, du bist richtig hinterhältig und gemein. Erst bist du so nett zu mir und dann lässt du mich links liegen. Ich hoffe nur, dass du zu Laura netter bist.«

»Was redest du denn bloß?«, fragt Tom leise. Er hat beide Hände in die Taschen seiner Jeans gesteckt und sieht aus wie ein Häufchen Elend. Sein Kinn liegt fast auf seiner Brust, die Schultern hat er so hochgezogen, wie es eben nur geht. Sie berühren schon fast seine Ohren. Wenn Lea nicht so wütend wäre, könnte sie fast Mitleid mit ihm haben. Aber nur fast.

»Ich weiß überhaupt nicht, was mit dir los ist«, sagt er. »Ich habe immer gedacht, dass du ... mich magst. Aber seit diesem Abend, du weißt schon, bist du so seltsam zu mir.«

Lea schweigt. Sie denkt an die gemeinsamen Ausritte mit Tom. Daran, wie er sich gefreut hat, wenn sie mit der Mannschaft wieder erfolgreich von einem Turnier zurückgekehrt ist. Wie er ihr zugehört hat, als sie ihm ihr Leid geklagt hat.

»Das habe ich auch mal gedacht«, sagt sie schließlich leise. »Aber das war, bevor du ...«

»Bevor ich was?« Tom nimmt die Hände aus den Taschen und guckt sie halb verschämt, halb neugierig an. »Also ... Bevor ich was?«

Lea blickt irritiert zurück. Will er sich über sie lustig machen oder weiß er wirklich nicht, warum sie verletzt ist?

»Habe ich doch schon gesagt«, murmelt sie. »Bevor du dich in Laura verliebt hast.«

»Aber Lea!« Toms Stimme ist plötzlich so laut, dass Lea erschrocken zusammenzuckt. »Wie kommst du denn auf so was?«

»Wie ... wie ich darauf komme?«, stammelt Lea. »Na, du bist gut. Erst würdigst du mich keines Blickes mehr. Dann lässt Laura ihren Freund sitzen und kommt das erste Mal nach Monaten wieder an den Stall, um sich mit dir zu treffen. Und dann . . .« Sie schluckt. ». . . dann erzählst du ihr auch noch das von deinem Bruder.«

Ein Schatten legt sich auf Toms Gesicht. »Was soll das denn jetzt?«

»Na, du weißt schon, dass er . . .« Lea windet sich und würde sich am liebsten auf die Zunge beißen dafür, dass sie das Thema angesprochen hat.

». . . behindert ist?«, beendet Tom den Satz und guckt sie herausfordernd an. »Ist es das, was du sagen wolltest?«

Lea nickt. Plötzlich sitzt ein dicker Kloß in ihrem Hals, der jedes weitere Wort unmöglich macht.

»Mensch, Lea.« Tom geht auf sie zu und legt seine Hand auf ihren gesunden Arm.

Lea lässt es diesmal einfach geschehen.

»Glaubst du wirklich, ich habe deiner Schwester davon erzählt, weil ich in sie verliebt bin?«

Lea zuckt mit den Schultern. Ehrlich gesagt, kommt sie sich bei dem Gedanken jetzt ziemlich dämlich vor.

»Was, äh, hätte ich denn sonst glauben sollen?«

Tom streicht zärtlich eine Haarsträhne aus ihrem Gesicht und guckt ihr fest in die Augen.

»Vielleicht hättest du ein bisschen Vertrauen haben können? Du musst doch gemerkt haben, dass du es bist, die ich mag?«

Lea starrt ihn an. Das war jetzt so ziemlich das Letzte, womit sie gerechnet hätte.

»Und weshalb hast du dich ständig mit Laura getroffen, dich stundenlang mit ihr unterhalten und ihr sogar das von deinem Bruder erzählt?«

Tom seufzt. »Sie hat mir leid getan. Sie hat mir schon an dem

Abend leidgetan, als du mir das erste Mal von ihren Problemen erzählt hast. Mich hat das alles nur zu sehr an Mark erinnert.«

»Ist Mark dein . . .?«

»Mark ist mein Bruder. Genau. Bei ihm war es ähnlich wie bei Laura, nur dass er zwei Jahre älter ist als ich. Erst war er der totale Sonnenschein, immer gut in der Schule und sehr sportlich. Mark war vor seiner Behinderung ein hervorragender Schwimmer. Es gibt Leute, die sagen, wäre ihm dieser Unfall nicht passiert, hätte ein ganz Großer aus ihm werden können.«

Er schweigt einen Moment und Lea wartet geduldig, bis er fortfährt.

»Aber dann wurde auf einmal alles anders. Mark schrieb schlechte Noten in der Schule, kam abends spät nach Hause und hörte von heute auf morgen mit dem Sport auf. Meine Eltern und er haben nur noch gestritten. Es war nicht mehr zum Aushalten.«

Lea nickt verständnisvoll. Die Situation kommt ihr nur zu bekannt vor.

»Eines Abends, es ist jetzt fast genau zwei Jahre her, waren Mark und ich allein zu Hause, weil meine Eltern ausgegangen waren. Ein Freund von ihm kam mit seinem Motorrad zu Besuch. Ich kannte den Typen nicht, hatte ihn aber schon ein paarmal vor unserer Schule rumlungern sehen. Die beiden haben in Marks Zimmer rumgehangen und laute Musik gehört. Als ich auf dem Weg nach oben an der Tür vorbeigekommen bin, habe ich diesen komischen Geruch bemerkt. Wie Zigarettenrauch, nur anders. Jedenfalls wusste ich, dass meine Eltern durchdrehen, wenn im Haus geraucht wird, also bin ich in das Zimmer. Die beiden haben mich erst gar nicht bemerkt, weil die Musik so laut war. Ich bin wie ein Idiot im Türrahmen gestanden und habe zugesehen, wie sie abwechselnd an diesem komischen Teil gezogen haben. Irgendwann bin ich dann mal draufgekommen, dass das ein Joint war. Mark rauchte Marihuana! Als die beiden mich bemerkten, haben sie nur dämlich gekichert und weitergemacht. Ich wollte Mark sagen, dass er damit aufhören soll. Aber er hat nur gelacht. Nach einer Weile sind sie aufgestanden und Mark hat gesagt, dass sie jetzt noch eine Runde drehen wollen.«

Tom hält einen Moment lang inne und starrt auf den Boden unter seinen Füßen.

»Meine Eltern waren nur in der Nachbarschaft eingeladen. Wenn ich sie gleich angerufen hätte, wären sie noch rechtzeitig da gewesen und hätten ihn aufhalten können. Aber ich hatte Bammel, dass es wieder Streit gibt, verstehst du? Außerdem wollte ich Mark nicht verpfeifen, obwohl ich genau wusste, dass es falsch war, was er da machte. Jedenfalls habe ich die beiden ziehen lassen und nur noch aus dem Fenster gesehen, wie Mark vorne und sein Freund hinten auf der Maschine Platz genommen haben. Dabei hatte Mark noch nicht einmal einen Führerschein. Als meine Eltern wiederkamen, war Mark immer noch unterwegs. Irgendwann in der Nacht klingelte es und die beiden Polizisten standen vor der Tür.«

Tom räuspert sich.

»Sie sagten uns, dass das Motorrad auf der Landstraße in einer Kurve ins Schleudern gekommen und gegen einen Baum geprallt war. Der andere Typ, ein kleiner Dealer übrigens, wie sich nachher herausstellte, hatte nur eine Gehirnerschütterung und ein paar blaue Flecken, aber Mark hat sich bei dem Aufprall zwei Halswirbel gebrochen und ist seitdem querschnittsgelähmt.«

Lea, die die ganze Zeit über dicht an White Star gedrängt dagestanden und atemlos zugehört hat, macht einen Schritt auf Tom zu.

»Es tut mir so leid.«

Tom hebt den Kopf. »Wenn ich meine Eltern angerufen hätte, wäre das nicht passiert, verstehst du?«

»So darfst du nicht denken. Es ist nicht deine Schuld. Du warst völlig machtlos in dieser Situation.«

»Das ist leicht gesagt«, murmelt Tom. »Aber ich werde mir trotzdem mein Leben lang Vorwürfe machen. Kapierst du jetzt endlich, warum ich mich für deine Schwester interessiere? Ich wollte nicht schon wieder dabeistehen und einfach nur zusehen, dass jemand in sein Unglück rennt. Sie war fürchterlich traurig und hat gedacht, dass keiner sie mag. Ich wollte ihr zeigen, dass das nicht stimmt. Ich konnte mir vorstellen, was in ihr vorgeht.«

»Deshalb hast du dich mit ihr am Stall getroffen?«, fragt Lea leise. »Das war der Grund?«

»Na klar. Ich dachte, dass sie vielleicht wieder Lust am Reiten kriegt, wenn sie die Pferde sieht.« Er grinst. »Hat ja auch geklappt, zumindest ein bisschen. Ich glaube zwar nicht, dass Lauras Interesse und Ehrgeiz jemals wieder so groß sein werden wie früher, aber wenigstens reitet sie wieder. Und das ist doch auch schon was.«

Lea kommt sich plötzlich ganz klein und selbstsüchtig vor. Sie hat sich kein einziges Mal ernsthaft Gedanken darüber gemacht, wie sich ihre Schwester in der ganzen Zeit gefühlt hat. Sie war immer nur genervt, weil es ständig Stress zu Hause gab.

»Und das mit Alexander? Warum hat sie sich von ihm getrennt?«

»Auf jeden Fall nicht, weil sie mit mir zusammen sein will«, grinst Tom. »Ich glaube, sie hat ihm nur mal gehörig eins auswischen wollen, weil er sich ihrer viel zu sicher war. Würde mich nicht wundern, wenn man die beiden bald wieder zusammen sieht. Nicht, dass ich es mir für Laura wünsche. Er tut ihr sicher nicht gut.«

Lea schüttelt ungläubig den Kopf. Wie kommt es nur, dass sie von alledem nichts mitbekommen hat, obwohl sie und ihre Schwester doch bis vor Kurzem noch unzertrennlich gewesen waren? Wenn sie ehrlich ist, dann hat sie in den letzten Wochen nur zwei Dinge im Kopf gehabt: das Goldene Band – und Tom. Sie nimmt sich fest vor, ab sofort wieder mehr mit Laura zu reden und zu unternehmen. Es muss sich ja nicht nur immer um Pferde drehen.

»Okay, letzte Frage«, sagt Lea schließlich. »Warum hast du nicht mehr mit mir geredet?«

Tom schüttelt den Kopf und guckt sie mitleidig an.

»Na, was denkst du denn? Natürlich weil ich beleidigt war, nachdem du mir an jenem Abend eine solche Abfuhr erteilt hast. Ich meine, du hast mich sitzen gelassen. So nennt man das doch, oder?«

Er legt ihr die Hände auf die Schultern und kommt mit dem Kopf so nah an ihr Gesicht, dass sie seinen Atem spüren kann.

»Ich hab dich schrecklich vermisst, weißt du? Aber zuerst

konnte ich nicht über meinen Schatten springen. Und dann habe ich mehr und mehr das Gefühl bekommen, dass du mich nicht mehr magst. Du hast mir ja auch keine Gelegenheit gegeben, mit dir allein zu reden.« Er blickt Lea mit leicht vorwurfsvollem Blick an. »Darum bin ich extra heute hergekommen. Ich wusste, dass du mir hier nicht weglaufen kannst.«

»Ich, ich, äh, ich«, stammelt Lea und klammert sich verzweifelt an White Stars Zügeln fest. Ihre Gefühle und Gedanken fahren Karussell.

Toms Gesicht kommt immer näher. Lea schließt die Augen und wartet darauf, dass seine Lippen die ihren berühren.

»Sieh mal einer an, unsere beiden Turteltäubchen! Putt! Putt!«

Tom und Lea fahren auseinander. Conny steht vor ihnen und grinst so breit, dass ihre Mundwinkel fast ihre Ohren berühren.

»Könnt ihr damit nicht bis heute Abend warten oder zumindest das Pferd rausrücken? Jetzt würde ich nämlich gerne erst diese verdammte Qualifikation für das Goldene Band durchstehen. Danach könnt ihr von mir aus machen, was ihr wollt.«

Lea ist feuerrot und weiß nicht, wo sie hingucken soll. Am besten zu White Star, der aufgeregt die Ohren spitzt und leise schnaubt.

Laura kommt zu ihnen. »Puh, die Strecke ist nicht einfach«, jammert sie. »Ich hoffe, ich verreite mich nicht.«

»Ich warne dich«, knurrt Conny. »Ihr Benedikts habt in der letzten Zeit für genug Aufregung gesorgt. Du reitest einfach da durch und machst keine Fehler, verstanden? Und, ja: Das ist eine Drohung!« Sie stemmt die Hände in die Hüften und guckt wie ein Stier, der gerade ein rotes Tuch entdeckt hat. Beinahe dampft es schon aus ihren Nasenlöchern.

»Okay, Chef«, sagt Laura kleinlaut. »Wird mir wohl nichts anderes übrig bleiben.«

»Ganz genau«, sagt Conny. »Jetzt sind wir endlich hier und jetzt darf auch nichts mehr dazwischenkommen. Kapito? Der Weg bis hierhin war aufregend genug, und wenn wir hier fertig sind, kann ich meine Nerven sowieso bei irgend so einem Psychofritzen wieder zusammenlöten lassen. Brenn, brenn, kokel, kokel. Na, zittern die Hände noch, Fräulein?«

Sie rückt sich entschlossen den rot-schwarzen Helm zurecht, jetzt eher Stierkämpfer als Stier. Ihre Hände zittern übrigens kein bisschen.

»So, meine Damen und Herren. Sie reißen sich jetzt bitte schön alle zusammen – keine Küsse, keine Katastrophen und so weiter – und ich hole jetzt Filou, mein berühmtes Streitross, das schon darauf brennt, die gegnerischen Mannschaften nur so vom Platz zu fegen. Mann! Mann! Mann! Ich sag es euch: wird verdammt noch mal auch Zeit, dass es endlich losgeht.«

21 Kapitel

Lea sieht, dass ihre Schwester ein bisschen blass um die Nase ist. Früher war sie immer die Coolste von ihnen allen auf einem Turnier gewesen, aber man merkt, dass ihr nach der langen Zeit die Routine fehlt.
Sie führt White Star einen Schritt zur Seite. Laura folgt ihnen. Sie stellt den Fuß in den Steigbügel und schwingt sich in den Sattel.
»Das wird schon«, sagt Lea, als ihre Schwester oben sitzt. »Verlass dich einfach auf White Star. Der macht das schon.«
»Hoffen wir es«, sagt Laura so kläglich, dass Lea richtig Mitleid mit ihr hat.
»Viel Glück!«, ruft sie ihr hinterher und sieht ihr so lange nach, bis sie im Gewirr der anderen Pferde verschwunden ist.
»Mach dir keine Gedanken«, sagt Tom, der wie aus heiterem Himmel plötzlich wieder neben ihr steht. »Es wird schon alles gut gehen.«
»Hoffentlich«, seufzt Lea. »Laura ist wirklich lange keine Turniere mehr geritten.«
Tom macht eine wegwerfende Handbewegung. »Ach, das macht sie trotzdem mit links. Sie ist vielleicht ein bisschen eingerostet, aber reiten kann sie. Und wie!«
Als er bemerkt, dass Lea ihn misstrauisch von der Seite beäugt, lächelt er. »Jetzt werde bloß nicht schon wieder eifersüchtig. Du hast doch selbst gesagt, dass deine Schwester ein echtes Talent ist.«
»Reiten kann sie wirklich.« Lea nickt. »Sie war immer die

Beste in der Mannschaft. Na ja, vielleicht kommt das ja wieder.«
»Vielleicht.« Tom zuckt mit den Schultern. »Aber, ehrlich gesagt, ich glaube eher nicht. Laura hat einfach nicht den Biss und sie interessiert sich mittlerweile viel zu sehr für andere Dinge. Klamotten zum Beispiel. Und gutes Aussehen.« Er grinst frech. »Wobei dagegen ja eigentlich nichts einzuwenden ist.«
»Ach ja?«, fragt Lea gespielt schnippisch. »Du gehörst also doch zu den Typen, die auf Mädchen stehen, die sich jeden Tag auftupfen? Tut mir leid, dann bist du bei mir an der falschen Adresse. So bin ich nämlich nicht.«
»Autsch!« Tom hält sich die Hand ans Herz und schnappt nach Luft. »Oh holde Gebieterin, bitte reden Sie nicht so mit mir. Es bricht mir das Herz, wenn Sie ungehalten mit mir sind.«
Lea lacht. »Red doch nicht so einen Unsinn. Du bist wirklich unmöglich.« Dann wird sie plötzlich wieder ganz ernst. »Aber du hast mir immer noch nicht gesagt, ob du doch eher auf so Tussis stehst.«
Tom kratzt sich nachdenklich am Hinterkopf.
»Tja, wenn ich ehrlich bin, dann . . .«
Plötzlich legt er seinen Arm um Leas Schultern und drückt sie fest an sich. »Wenn ich ganz ehrlich bin, dann stehe ich vor allem auf so Tussis wie dich. Die sehen nämlich immer gut aus, egal, was sie für Klamotten anhaben«, flüstert er ihr ins Ohr.
Dann legt er seine Hand unter ihr Kinn und dreht ihren Kopf vorsichtig in seine Richtung. »Und außerdem sollten wir jetzt endlich da weitermachen, wo wir waren, bevor deine unmögliche Freundin uns unterbrochen hat.«

Bevor Lea weiß, wie ihr geschieht, zieht er sie an sich und küsst sie lang.
»Hey, ihr beiden, habt ihr eigentlich nichts anderes zu tun, als in der Gegend rumzustehen und Bakterien auszutauschen?«
Lea und Tom machen sich voneinander los und gucken in die Richtung, aus der die Stimme gekommen ist.
Conny reitet auf Filou an ihnen vorbei und feixt.
»Schließlich bin ich gleich dran und brauche noch Leute, die mich anfeuern.«
»Meine Güte«, knurrt Tom, als sie weg ist. »Hat man vor der denn nie seine Ruhe?«
»Selten«, lacht Lea. »Vor allem nicht, wenn es um die Mannschaft geht. Da kennt sie kein Pardon. Ich wage gar nicht, daran zu denken, was passiert, wenn wir uns heute nicht für das Goldene Band platzieren. Ich glaube, für Conny würde eine Welt untergehen.«
»Puh.« Tom schüttelt den Kopf. »Eine Fanatikerin. Dass du mir bloß nicht auch noch so wirst, versprochen?«
»Nein, ganz so schlimm bin ich dann wohl doch nicht«, grinst Lea. »Aber ich würde schon gerne beim Goldenen Band reiten. Also, lass uns sehen, was die anderen machen.«
Lea spürt plötzlich ein Kribbeln im Bauch. Zum ersten Mal, seit sie in der Mannschaft reitet, ist sie nur Zuschauerin und nicht Teilnehmerin. Es ist ein seltsames Gefühl, wenn man gar nichts tun und nur hoffen kann, dass die anderen es schaffen.
»In Ordnung.«
Gemeinsam gehen sie zu einem kleinen Grashügel, von dem aus man den größten Teil der Strecke überblicken kann. Es

dauert nicht lange, bis Conny mit Filou startet. Der braune Wallach ist vom Start weg enorm schnell und Conny muss nach dem ersten Steilsprung richtig kämpfen, damit er ihr nicht einfach unter dem Hintern davonrennt. Vor dem nächsten Hindernis, einem tiefen Graben, hat Conny ihn wieder unter Kontrolle. Anschließend geht es auf einen kleinen Hügel und auf der anderen Seite wieder runter. Jetzt der Wall! Lea krallt sich mit der einen Hand in Toms Arm fest und schließt die Augen. Sofort hat sie wieder die Bilder vor Augen, wie sie mit White Star gestürzt ist.

»Alles in Ordnung«, beruhigt Tom sie. »Sie ist schon oben.«

Lea öffnet die Augen und sieht gerade noch, wie Conny auf der anderen Seite runterreitet und mit Filou in ein kleines Waldstück einbiegt. Lea tritt aufgeregt von einem Fuß auf den anderen. Hoffentlich geht alles gut! Da! Sie atmet erleichtert auf, als sie Filou wieder aus dem kleinen Waldstück herausgaloppieren sieht. Jetzt das Wasser.

»Oh weh«, flüstert Lea aufgeregt. »Wasser war noch nie seine Stärke.«

»Wem sagst du das«, grinst Tom. »Mein Dicker setzt ja erst gar nicht den Fuß in so was.«

Ganz so schlimm ist es bei Filou glücklicherweise nicht, aber Lea kann trotzdem von Weitem sehen, dass der Wallach langsamer wird. Conny muss ihn richtig feste antreiben, damit er vor dem kleinen See nicht stehen bleibt.

»Mach dir keine Sorgen«, sagt Tom trocken. »Der verweigert bestimmt nicht. Das würde Conny nie zulassen. Wahrscheinlich erzählt sie ihm gerade, dass es eine Woche keine Koppel mehr gibt, wenn sie nicht zum Goldenen Band kommt. Oder sie hat noch schlimmere Drohungen parat.«

Lea lacht.
Wer weiß, vielleicht hat Tom ja recht. Jedenfalls springt Filou plötzlich mit einem beherzten Satz in den kleinen See und trabt auf die andere Seite. Dabei nimmt er die Beine so hoch er nur kann. Als er wieder aus dem Wasser ist, galoppiert er an und gibt wieder richtig Gas. Fast könnte man glauben, er möchte so schnell wie möglich vom Wasser weg, damit seine Reiterin nicht etwa noch einmal auf die Idee kommt, ihn hineinzujagen. Für Leas Geschmack gibt er allerdings ein bisschen zu viel Gas.
»Ach du Schande, ist sie nicht viel zu schnell?«, fragt Tom zweifelnd.
Lea nickt. Das nächste Hindernis, ein ziemlich fetter Baumstamm mit einem Holzdach, ist nicht ohne. Wenn Filou zu schnell wird, könnte es leicht passieren, dass er zu flach abspringt und am Hindernis hängen bleibt. Und ein Sturz wäre das Letzte, was sie jetzt gebrauchen könnten!
Conny stellt sich in die Steigbügel und versucht, Filou wieder unter Kontrolle zu bringen. Doch vergeblich. Der Wallach lässt sich nicht mehr bremsen und rast in einem Irrsinnstempo auf das Hindernis zu.
Lea hält den Atem an, als er viel zu früh abspringt und in der Luft richtig rudern muss, um über das Hindernis zu kommen. Ob es reicht? Nur fast. Denn da bleibt Filou mit dem Hinterbein hängen und knickt bei der Landung mit den Vorderbeinen ein!
Oh nein!
Doch da rappelt sich der Wallach schon wieder hoch. Conny, die es bei dem unsanften Aufprall nach vorne auf den Hals geschleudert hat, rutscht schnell wieder in den Sattel.

Dann galoppiert sie weiter. Auf das letzte Hindernis zu. Mit eisernem Willen.
Und drüber!
»Du meine Güte«, sagt Tom, als sie im Ziel ist. »Sie kann einem ja ganz schön auf die Nerven gehen, aber Mut hat sie. Wenn mir das passiert wäre, hätte ich bestimmt nicht sofort weiterreiten können.«
»Tja«, grinst Laura. »Deshalb bist du ja auch Springreiter geworden. In den Busch gehen nur die wirklich Harten.«
»Das sehe ich«, sagt Tom mit einem Blick auf ihren Arm. »Ich habe es eben ganz gerne, wenn meine Knochen heil bleiben.« Er klingt fast ein bisschen ärgerlich.
»Ich ja auch«, lenkt Lea schnell ein. »Ich wollte auch nicht angeben damit. Außerdem ist Conny schon ziemlich extrem. Ich habe noch nie jemanden erlebt, der so wild reitet wie sie. Was glaubst du, was Myles ihr gleich erzählen wird? Der kann es nämlich überhaupt nicht leiden, wenn Filou so unkontrolliert galoppiert.«
Sie deutet auf den kleinen Iren, der bereits mit großen Schritten auf Conny zugeht. Sie glaubt, fast bis hier oben auf dem Grashügel spüren zu können, wie wütend er ist.
»Da bin ich ja beruhigt«, sagt Tom. Er guckt Lea von der Seite an. »Dass du mir bloß immer aufpasst, ja? Ich möchte mir nämlich nicht jedes Wochenende Sorgen machen müssen, wenn du auf einem Turnier bist.«
Lea wird ganz warm ums Herz, wie er dasteht und sie unter seinen blonden Locken anguckt. Doch bevor sie etwas sagen kann, wird schon der nächste Starter durch den Lautsprecher bekannt gegeben.
»Jetzt kommt Paula!«

Lea hat schon auf dem Abreiteplatz bemerkt, dass Paulas Stute heute keinen guten Tag hat. Wenn sie so mit dem Schweif schlägt wie heute, dann hat sie immer schlechte Laune. Und man kann nur hoffen, dass sie trotzdem mitmacht.

Anfangs sieht es auch ganz gut aus. Bis zum Waldstück galoppiert Bella Rosa zwar nicht gerade sehr schnell, aber doch flüssig über den Grasboden und nimmt problemlos die Hindernisse. Doch ausgerechnet bei den letzten beiden Hindernissen ist plötzlich der Wurm drin. Bella Rosa weigert sich, auch nur annähernd in die Richtung des überdachten Sprungs zu gehen. Sie stemmt alle vier Hufe in den Boden und bleibt stocksteif stehen. Paula hat ihre liebe Mühe, die Stute schließlich doch noch dazu zu bewegen, über das Hindernis zu gehen. Dadurch verliert sie wertvolle Minuten und handelt sich Zeitfehler ein. Das ist happig.

Lea presst die Lippen aufeinander. Laura und Sina dürfen sich jetzt keine nennenswerten Fehler mehr leisten, sonst war es das mit der Qualifikation.

»Hab keine Angst«, sagt Tom, der ihre Gedanken zu lesen scheint. »Laura und Sina sind gut in Form. Die kriegen das schon hin. Ganz bestimmt.« Er macht eine kurze Pause und knufft Lea spielerisch in die Seite. »Und außerdem reiten sie keine Stuten. Das weiß man doch, dass die immer so launisch sind.«

Lea würde gerne kontern, aber ihr fällt nichts ein. Im Falle von Bella Rosa stimmt es auf jeden Fall, was Tom gerade gesagt hat. Wenn die Stute keinen guten Tag hat, dann ist wirklich nicht gut Kirschen essen mit ihr. Sie hofft nur, dass Black Sun und White Star bloß nichts davon annehmen.

22. Kapitel

Dann kommt Laura mit White Star.
Lauras blau-weißer Helm blitzt einen Moment in der Sonne auf. Lea flüstert etwas. Sie weiß selbst nicht genau, was. Vielleicht eine Art Zauberspruch.
Der Schimmel galoppiert mit großen Galoppsprüngen vom Start weg auf den Steilsprung zu und setzt federleicht darüber. Dann geht es weiter zu dem Graben, der für Leas Geschmack ziemlich breit ist. Laura treibt White Star an, damit der Wallach auch genug Schwung hat und nicht mit den Hufen hängen bleibt. White Star macht einen Riesensatz und landet sicher auf der anderen Seite. Ohne zu zögern, galoppieren die beiden weiter den kleinen Hügel hoch und wieder runter. Dann das nächste Hindernis: der Wall. Lea schaudert bei dem Anblick. Ihr Unfall wird ihr noch eine Weile in den Gliedern stecken.
Doch glücklicherweise hat White Star das Vertrauen nicht verloren und galoppiert in einem flüssigen, mittleren Tempo auf die Mitte des Aufsprungs zu. Schon ist er oben. Laura treibt ihn noch ein bisschen mehr an, damit er genug Schwung für das Hindernis hat, das auf der höchsten Stelle des Walls angebracht ist. Der Schimmel fliegt nur so darüber und galoppiert auf der anderen Seite des Walls wieder herunter. Weiter geht es in einer großen Rechtskurve in das kleine Waldstück, das man von Leas Hügel aus nicht überblicken kann. Lea beißt sich auf die Unterlippe und drückt ganz fest den Daumen ihres gesunden Arms.
Dann galoppiert White Star auch schon wieder aus dem

Waldstück heraus auf den kleinen See zu. Der Schimmel spitzt die Ohren und stürzt sich regelrecht in das kühle Nass. Lea lächelt, im Gegensatz zu anderen Pferden liebt White Star Wassereinsprünge und hat dabei immer einen Heidenspaß. Mit kraftvollen Sprüngen galoppiert er durch das Wasser, das an der tiefsten Stelle bis zu seinem Bauch reicht, und dann an der anderen Seite des Sees wieder heraus.
Er sieht einfach herrlich aus, denkt sie.
Jetzt wieder ein kleiner Hang mit zwei Hindernissen und dann ein ziemlich fetter Baumstamm mit einem Holzdach. Das Hindernis sieht sehr unheimlich aus und Lea weiß, dass heute schon einige Pferde an dieser Stelle verweigert haben. Nicht so White Star. Der nimmt noch einmal alle seine Energien zusammen, drückt sich mit einem enormen Kraftaufwand vom Boden ab und segelt nur so über den Sprung. Wirklich: wie ein Dreimaster. Prachtvoll!
Und das war das letzte Hindernis! Laura lässt die Zügel ein Stück länger und lässt den Wallach noch einmal richtig galoppieren. Der muss nicht lange dazu aufgefordert werden. Er macht sich ganz flach und donnert in einem Irrsinnstempo über den weichen Grasboden. Wie viele Reserven der Schimmel noch hat! Lea ist unheimlich stolz auf ihr Pferd, das dort unter ihr mit fliegendem Schweif über die Ziellinie prescht.
So schnell sie kann, eilt sie nach unten und läuft zu Laura und White Star. Der Schimmel ist pitschnass am ganzen Körper, wirkt dabei aber kein bisschen erschöpft.
»Wow.« Laura schwingt sich von seinem Rücken, nimmt den Helm ab und lässt die lockigen Haare fliegen. »Das hat Spaß gemacht!«

Conny und Paula kommen zu ihnen gelaufen.
»Mensch, Laura!« Conny klopft Laura so fest auf den Rücken, dass diese zu husten beginnt. »Das war mega-ober-genial! Applaus, Applaus, Applaus! Verbeugung, Verbeugung und so weiter. Denkt euch einfach den Rest. Wenn Sina jetzt auch noch gut ist, haben wir es geschafft.«
»Darum sollten wir zusehen, dass wir auf den Hügel kommen. Sina startet nämlich gleich«, drängt Paula.
»Soll ich White Star nehmen, damit du Black Sun sehen kannst?«, fragt Lea ihre Schwester.
»Ach nee, lass man, ich kümmere mich schon um ihn. Dann kannst du zugucken. Schließlich ist es ja deine Mannschaft.«
Ein schmerzliches Grinsen legt sich auf Lauras Gesicht.
»Ehrlich gesagt, bin ich auch immer noch nicht so gut dabei, Black Sun zuzusehen, wenn andere auf ihm sitzen.«
Sie holt tief Luft.
»Aber ich werde mich irgendwann daran gewöhnen.«
Ohne eine Antwort abzuwarten, dreht sie sich um und geht mit White Star Richtung Hängerparkplatz. Lea überlegt, ob sie ihr nachgehen soll. Aber da kommt Tom und legt ihr den Arm um die Schulter.
»Los jetzt, wir wollen doch nicht Sinas Ritt verpassen.«
Lea wirft noch einen Blick auf Laura und folgt dann Tom zu dem kleinen Grashügel. Und sie kommen keine Sekunde zu früh, denn gerade, als sie oben angekommen sind, sehen sie ihre Mannschaftskollegin zum Start reiten.
Myles geht aufgeregt mit den Armen fuchtelnd neben ihr her und gibt ihr noch ein paar letzte Tipps. Black Sun ist ziemlich nervös und tänzelt aufgeregt auf der Stelle. Ob Sina ihn unter Kontrolle halten wird?

Der Rappe legt jedenfalls ganz schön los, als er endlich angaloppieren darf.
»Auweia, die ist ja noch schneller als ich«, murmelt Conny ehrlich besorgt.
Black Sun macht sich so flach, dass er fast mit den Hinterhufen am Steilsprung hängen bleibt. Lea sieht, wie Sina kämpfen muss, damit der Wallach ihr nicht einfach davonrennt. So ein Turnier ist eben doch noch mal eine ganz andere Situation als im Training. Und Black Sun hat schon eine ganze Weile keine Turnierluft mehr geschnuppert.
Dann der Graben. Black Sun ist zwar immer noch zu schnell, aber glücklicherweise auch geschickt genug, um problemlos darüberzuspringen. Jetzt der Wall.
Lea schließt die Augen und öffnet sie erst wieder, als Sina mit Black Sun auf der anderen Seite wieder heruntergaloppiert ist. Diesen Wall zu sehen, hat ihr heute bei jedem Ritt echte Probleme gemacht. Sie fragt sich, wie es wohl sein wird, wenn sie selbst das erste Mal wieder auf einen Wall springen soll.
Tom, der gemerkt hat, was in ihr vorgeht, legt den Arm um sie. »Das wird schon wieder«, flüstert er. »Mach dir keine Sorgen.«
Lea lehnt sich dankbar an ihn.
»Jetzt hat sie ihn«, sagt Paula.
Paula hat recht. Je länger der Ritt dauert, desto mehr gelingt es Sina, wieder die Kontrolle über den Rappen zu gewinnen. Jetzt sind Black Suns Galoppsprünge nicht mehr hektisch und flach, sondern rhythmisch und kraftvoll. Lea muss ehrlich zugeben, dass er das beste Pferd in der Mannschaft ist. Wie gut, dass er endlich wieder sein Können unter Beweis stellen darf!

Wie eine Lokomotive hämmert er über den Grasboden und fliegt jedes Mal in so einem hohen Bogen über die Hindernisse, als würde er am liebsten gar nicht mehr auf der Erde aufsetzen wollen. Sina gibt bestimmte, aber feine Hilfen und sitzt so perfekt, dass sie ganz geschmeidig in seinen Bewegungen mitgeht.

Lea, Conny und Paula stehen atemlos da und verfolgen den Ritt mit aufgerissenen Augen. Als Sina und Black Sun auch das letzte Hindernis, den überdachten Baumstamm, überwunden haben, schreien sie auf und fallen sich in die Arme.

»Komm schon her!«, brüllt Conny Tom an. »In solchen Momenten kann man sogar mal einen Springreiter umarmen.«

Bevor er weiß, wie ihm geschieht, hat sie ihn an den Schultern gepackt und feste an sich gedrückt.

Lea kann sich ein Lachen nicht verkneifen, als sie sein verdutztes Gesicht sieht. Conny ist wirklich eine Nummer für sich.

Dann laufen sie jubelnd den Hügel hinunter zu ihrer Mannschaftskollegin. Black Sun tänzelt immer noch nervös und schnaubt aufgeregt, während Sina über beide Ohren strahlt, als sie ihren Freundinnen entgegenreitet.

»Das war . . . das war . . . das war der schönste Ritt meines Lebens«, keucht sie und steigt ab. Sie klopft überschwänglich Black Suns schweißnassen Hals. »Du bist so ein tolles Pferd, Black Sun. Danke.«

Myles kommt angelaufen.

»Great! Fantastic! What a fantastic horse! You were great, Sina! Just great!«

Vor lauter Aufregung kommt ihm kein deutsches Wort über die Lippen.

Als der Trubel sich ein wenig gelegt hat, dreht Lea sich um.

Wo Laura nur ist? Da, hinten auf dem Transporterparkplatz sieht sie ihre Schwester. Sie ist gerade dabei, White Star Transportgamaschen anzulegen. Zu Leas Überraschung ist sie nicht allein. Jemand steht neben ihr. Lea kann jedoch nicht erkennen, wer, da er ihr gerade den Rücken zudreht. Neugierig geht sie zu Laura.
»Hey.«
»Hey.«
Lea bleibt wie angewurzelt stehen.
»Alex?«
Beim Anblick des dunkelhaarigen Jungen fällt ihr einfach nur die Kinnlade nach unten.
»Was machst du denn hier?«
»Na was wohl?«, brummt Alex unwirsch. »Ich wollte natürlich Laura zusehen.«
Er macht schnell einen Schritt zur Seite, als White Star sein Hinterteil in seine Richtung dreht.
»Keine Angst«, grinst Laura. »Der wird dich schon nicht fressen.«
Lea kann es nicht fassen. Nie im Leben hätte sie geglaubt, Alex jemals in Gegenwart eines Pferdes zu sehen.
»Aber . . .«
»Was aber«, knurrt Alex. »Ich darf doch wohl noch meiner Freundin zusehen, wenn sie auf einem Turnier reitet.«
»Äh, ja schon. Äh, natürlich darfst du das. Ich wusste nur nicht, dass, äh . . .«
». . . ich wieder Alex' Freundin bin?«, kommt Laura ihr zu Hilfe.
»Ich bis gestern auch nicht. Aber er hat mir versprochen, dass es okay für ihn ist, wenn ich ab und an wieder reite.«

»Du willst wieder reiten?«, fragt Lea. »Aber das ist ja super! Dann könnten wir doch . . .«
Laura hebt abwehrend die Hand.
»Oh nein, nicht *so* reiten. Das heute war zwar lustig, aber auf Turniere habe ich keine Lust mehr. Dieses ewige Training! Man kann ja kaum noch weggehen. Und immer diese Reitklamotten. Ich dachte daran, so zweimal die Woche zu reiten. Natürlich nur, wenn Papa mich lässt. Er hat ja gesagt, dass ich erst wieder rausdarf, wenn meine Noten sich bessern. Und außerdem ist Black Sun doch jetzt eh ausgelastet, wo Sina ihn jetzt auf den Turnieren reitet.«
Lea schüttelt ungläubig den Kopf.
»Gerade eben hast du doch noch gesagt, dass du gar nicht hinsehen kannst, wenn sie auf ihm sitzt.«
»Habe ich auch. Aber dann haben Alex und ich doch zugeguckt, und stell dir vor, es war gar nicht so schlimm. Sina hat das ganz toll gemacht und ich war superstolz auf Black Sun. Er ist wirklich das beste Pferd auf der Welt.«
Sie dreht sich zu White Star um und klopft seinen Hals.
»Sorry, Whitey, du bist natürlich das Zweitbeste.«
»Mach dir keine Sorgen, der hält das schon aus«, grinst Lea. »Für mich wird er nämlich immer das beste Pferd auf der Welt bleiben.«
»So wie Black Sun für mich«, sagt Laura. »Er ist wirklich ein tolles Pferd, und es wäre schade, wenn er auf keine Turniere mehr gehen würde. Nicht wahr, Alex?«
Alex schnippt sich mit dem Zeigefinger ein weißes Pferdehaar von seinem schwarzen Hemd.
»Hm-m. Er war ganz gut.« Auf einmal lächelt er ganz stolz. »Aber du warst auch nicht übel.«

Leas Augen werden immer größer. So unverkrampft hat sie Alex und Laura noch nie miteinander umgehen sehen. Der ehemalige Exfreund ihrer Schwester wird ihr doch nicht irgendwann noch sympathisch werden?
»Aber pass bloß auf, dass du mir im Auto keine Haare auf die Sitze machst«, sagt Alex da. »Das Zeug kriegt man ja überhaupt nicht weg.« Er hüstelt. »Ich hoffe, ich bin nicht allergisch gegen Pferdehaare.«
Nein, so richtig nett wird Lea Alex vermutlich nie finden. Aber immerhin ganz erträglich. Und das ist wesentlich mehr, als sie sich vor Kurzem noch hätte vorstellen können.
»Wie sieht es aus?«, fragt sie trotzdem. »Geht ihr noch mit uns ins Zelt, eine Limo trinken.«
Laura schüttelt den Kopf und guckt sie entschuldigend an.
»Nee, wenn es dir nichts ausmacht, dann würde ich jetzt lieber mit Alex abhauen und mir erst einmal anständige Klamotten anziehen. Es ist doch okay, wenn du White Star fertig machst? Ich meine, natürlich nur, wenn es mit deinem Arm geht.«
»Och, da mach dir mal keine Sorgen. Außerdem habe ich ja jemanden, der mir hilft.«
Lea dreht sich um und sieht Tom mit Myles, Conny, Sina und Paula auf sich zukommen.
»Ja dann . . .«, sagt Laura.
»Ja dann . . .«, sagt Lea.
Die beiden Schwestern stehen sich gegenüber und gucken sich an.
»Auf jeden Fall danke, dass du uns geholfen hast, Laura. Ohne dich . . .«
Sie kriegt den Satz nicht zu Ende.

Conny brüllt quer über den Parkplatz. Sie hat die Hände in die Hüften gestemmt.
»Hey, ihr Eckensteher. Wie wär's mit Party? Spaß haben, okay? Wisst ihr noch?«

Antje Babendererde

Talitha
Running Horse

Es gibt Tage, die das Leben eines Menschen für immer verändern. Die Halbblut-Lakota Talitha hat mehrere davon erlebt: den Tag, als ihre weiße Mutter die Familie im Indianerreservat zurückließ, oder den Tag, als der alte Trailer, in dem Talitha mit ihrem Vater lebte, in Flammen aufging. Aber es gibt zum Glück auch die guten Tage. Sie erzählen von den prächtigen Festen der Indianer und von Talithas erster großer Liebe. Denn obwohl Talitha als Halbblut in der Gemeinschaft der Indianer eine Außenseiterin ist, gelingt es ihr, die Liebe von Neil zu gewinnen. Schmerzliche Erinnerungen gibt es genug. Aber Talitha findet Kraft in ihrer Liebe und in ihrer instinktiven Freundschaft zu ihrem Pferd, der wunderbaren Stute Stormy.

Jutta Beyrichen

Der Ruf
der Pferde

Seit ihr bester Freund Gavin bei einem Reitunfall ums Leben gekommen ist, gibt es für Patricia nur noch Schmerz und Verzweiflung. Erst ein Urlaub im schottischen Hochland ändert alles für sie. Denn dort stößt die vierzehnjährige auf eine junge Stute, die genauso verstört ist, wie sie selbst. Schritt für Schritt gelingt es ihr, das Pferd aus seiner Isolation zu befreien.

ENSSLIN 312 Seiten.
ISBN 978-3-401-45344-6

www.arena-verlag.de